# Tage,
# die man
# nicht vergisst

Hanne Katz

Kurzgeschichten über das Leben

# Tage,
# die man
# nicht vergisst

18 kurze Geschichten
über die Herausforderungen des Alltags

– bewegend, überraschend, anregend –

Hanne Katz

## IMPRESSUM

### Bibliografische Information der Deutschen Nationalbibliothek
Die Deutsche Nationalbibliothek verzeichnet diese Publikation in der Deutschen Nationalbibliografie; detaillierte bibliografische Daten sind im Internet über https://portal.dnb.de abrufbar.

### Copyright © 2021 – Hanne Katz
Herstellung und Verlag: BoD – Books on Demand, Norderstedt
Autorin: Hanne Katz
Covergestaltung: Hanne Katz
Covermotiv: Hanne Katz
Fotos: Hanne Katz
ISBN: 9783753403182

# Inhaltsverzeichnis

Der Lottogewinn ......................................................... 7

Eine Gutenachtgeschichte .......................................... 17

Die Beerdigung ........................................................ 21

Ein Gespräch ........................................................... 30

Alles ist irgendwie anders ......................................... 36

Endlich .................................................................... 44

Der Schwarzfahrer .................................................... 51

Der dünne Mann ...................................................... 56

Auf dem Schiff ......................................................... 64

Ein heißer Tag ......................................................... 70

Nur ein Großmaul? ................................................... 87

Der Hauptkommissar ................................................. 91

Nur von hier weg .................................................... 106

Das alte Märchenbuch ............................................. 117

Der große Bruder ................................................... 123

Freitag, der Bewerbungstag ..................................... 132

Der entfernte Verwandte .......................................... 143

Der Profi ............................................................... 153

# Der Lottogewinn

Sie trafen sich an der U-Bahn-Station. Tobi hatte sich eben eine von den dünnen krummen Zigaretten gedreht – die er mit seinen klammen, unbeweglichen Fingern geradeso hinkriegte – und in den Mund gesteckt, als Harry auftauchte. Sie waren beide gepflegt abgerissen, will heißen, die Jeans abgewetzt, die Pullover zu weit und die Jacken hatten schon ein Jahrzehnt auf dem Buckel. Aber alles war sauber. Harry sorgte auch dafür, dass Tobi diesbezüglich ausreichend auf sich achtete, denn der neigte manchmal eher dazu, sich gehen zu lassen. Beide trugen sie neue Schuhe mit dicker Sohle, ein Geschenk der Kirche. In Kleidung und Größe waren sie sich ähnlich, sonst wenig. Toby wirkte wie ein tapsiger Bär mit einem rundlichen Körper auf kurzen Beinen. Gesicht und Glatze leuchteten rötlich. Er bewegte sich langsam und eckig, wegen seiner Probleme mit den Beinen. Ein taubes Gefühl oder Schmerzen, er wusste nicht, was ihn mehr störte. Er war Bauleiter gewesen, hatte jahrzehntelang einen guten Job gemacht, bis er vor sieben Jahren in einen Massenauffahrunfall verwickelt wurde. Neben zwei Beinbrüchen hatte es die Wirbelsäule ziemlich mitgenommen und Tobi kam, obwohl die ärztlichen Prognosen ziemlich gut waren, nicht mehr so recht auf die Beine. Dann folgte die Kündigung, die Augen wurden schlechter, niemand konnte sagen, ob dies eine Unfallfolge war. Für die Arbeit taugte er nicht mehr, dann folgte der

Abstieg. Sein Erspartes hatten die Unfallfolgen geschluckt. Das Geld, das er als Frührentner bekam, war nicht besonders üppig. Harry dagegen war knochig und dürr. Er trug seine Haare, die sich an der Stirn schon etwas lichteten, schulterlang zusammengebunden als Pferdeschwanz. Sein dichter dunkler Schnurrbart war von einigen Silberfäden durchzogen. Er war mal was gewesen, wie er immer betonte, Geschäftsführer der Tochterfirma einer Eisenwarengroßhandlung. Zwanzig Jahre hatte er die Geschäfte geleitet, als ihn der Affe juckte, seine Frau wollte die Scheidung, er hatte gezockt und verloren. Als er sah, dass fast die Hälfte seines Geldes weg war und er die andere Hälfte mit seiner Frau teilen musste, die unbedingt weg von ihm wollte, da kündigte er seine Stelle und hockte Monate allein zu Hause, bis ihn ein Freund aus der Wohnung zerrte und mit ihm redete. Er verordnete ihm, mindestens eine Stunde am Tag spazieren zu gehen. Er tat es widerwillig, lief jeden Tag am Fluss entlang. An einem späten Vormittag, es war schon Herbst, beobachtete er ein Kind, das sich im Gebüsch des Ufers verheddert hatte und in den Fluss plumpste. Er rannte zu der Stelle. Das Kind schrie und zappelte im Wasser. Er sprang rein und zog den Jungen raus. Nicht nur das Kind wurde gerettet, auch für ihn war es eine Rettung. Denn er begann wieder zu leben und über sich nachzudenken. Er begab sich auf Reisen, lernte die halbe Welt kennen. Bis sein Geld aufgebraucht war. Dann kehrte er zurück, arbeitete mal hier mal da, bis ihn keiner mehr wollte. Jetzt lebte er von Hartz 4.

Harry stolzierte aufrecht mit hoch erhobenem Kopf, während Tobi etwas krumm mit dem Kopf nach unten neben ihm her trottete. Beide hatten die sechzig schon fast erreicht. Kennengelernt hatten sie sich vor zwei Jahren im Arbeitsamt und seitdem führten sie ein gemeinsames Leben in getrennten Wohnungen. Gelegentlich gab es kurzfristig eine Frau bei einem der beiden, dann sahen sie sich für eine Weile seltener.

„Komm mit", sagte Harry. „Was ist los?" „Hier lang. Ich lade dich jetzt ein. Bier, Schnitzel, Kartoffeln, was du willst. Du könntest auch was Feineres haben. Sushi oder Kaviar und Sekt. Aber das schmeckt dir eh nicht, also gehen wir was Handfestes essen." „Du machst es spannend. Wer zahlt?" „Ich natürlich." „Wo hast du das Geld her?" „Erzähl ich dir später. Lass uns rein gehen." „Ich komm mir komisch vor. Ich war seit fünf Jahren nicht mehr in so ´nem Laden." „Du musst dich einfach auf einen Stuhl setzen, ich bestelle und dann musst du essen. Das kannste doch oder?" „Ja schon, aber." „Los rein mit dir."

Eine warme biergeschwängerte Luft hüllte sie ein. Tobis Brille beschlug. Er nahm sie ab und blieb ratlos stehen. „Komm." Harry zog ihn ins Innere und suchte einen Platz in der Ecke. „So, gib mir deine Jacke und jetzt setz dich." Tobi wischte seine Brille mit dem Ärmel sauber und setzte sie wieder auf. „Wau, das ist aber ´n schicker Laden. Haste wirklich so viel Geld?" „Jetzt hör auf rum zu quengeln, sonst fallen wir noch auf."

„Was wünschen die Herren?" Die Bedienung schaute sie missmutig an. „Also, zwei Bier und die Speisekarte bitte." Sie bestellten Fleisch, Kartoffeln, Salat und eine Suppe vorab. Tobi rutschte unruhig auf seinem Stuhl hin und her. Harry beobachtete die Leute. Die beiden löffelten schweigsam ihre Suppe. Aber dann, nach dem ersten Bier, nachdem Fleisch und Kartoffeln fast aufgegessen waren, redeten sie wieder.

„Also, ich erzähl dir jetzt was und du versprichst mir, du bleibst ruhig sitzen, schreist nicht, setzt einfach dein ganz normales Lächeln auf, ohne zu übertreiben. Verstanden?" „Mach es nicht so spannend." „Also, es ist eine längere Geschichte. Ich hab neulich einen Zehner gefunden." „Der Zehner reicht hier aber nicht Harry." „Lass mich mal zu Ende reden. Also, ich denke mir, was tu ich mit dem Zehner, spend ich ihn den armen Kindern in Afrika oder schenk ich ihn einem Penner und all sowas." Tobi schaut ihn etwas verwirrt an.

„Also, spielte ich Lotto." „Mit dem ganzen Geld?" Harry nickte. „Und du selbst hast mir vorgerechnet, wie blöd das Lottospielen ist und wer wirklich absahnt, und jetzt verspielst du den ganzen Zehner?" „Ich wollt mir halt auch mal was gönnen! Und jetzt warte doch ab. Entgegen meinen Vorhersagen habe ich doch tatsächlich gewonnen." „Was???", schrie Tobi. „Willst du dich wohl sofort beruhigen, sonst sag ich keinen Ton mehr." „Gut, gut. Wie viel?" Er zitterte, der Schweiß stand ihm plötzlich auf der Stirn. „Keine Million. Das heißt wir sind aus dem Schlamassel nicht raus."

„Wie viel?" Tobi hatte aufgehört zu essen, die Fäuste umklammerten Messer und Gabel.

„Tobi, du bist mir ein guter Freund und ich hab dich eingeladen, damit wir in Ruhe über die Sache diskutieren können, wenn du jetzt durchdrehst, müssen wir das verschieben." „Gut, gib mir Zeit, ich beruhige mich." „Wir essen jetzt zu Ende, bestellen noch ein Bier, ein letztes und dann reden wir weiter." Schweigend essen sie. Tobi glitt langsam wieder in seine alte Form zurück. Die Augen wurden kleiner, sein dunkelroter Kopf bekam die normale Röte. Er kratzte die letzten Reste vom Teller. Harry bestellt ein Eis für beide.

„Kein Bier mehr", sagte Tobi plötzlich, „wir gehen zu mir, unterwegs besorgen wir zwei Flaschen, aber nicht mehr." „Was ist mit dir los? Willst du die Geschichte nicht hören?" „Doch, doch, aber nicht hier. Bei so was kriegen alle schnell große Ohren und noch größere Augen." „Eigentlich bin ich der Klügere von uns beiden", sagte Harry, „aber du hast offensichtlich in manchen Dingen mehr Erfahrung." Tobi lächelte.

„Zahlen bitte", rief Harry in den Raum. Er zahlte nicht mit dem großen Schein, den er eingesteckt hatte, sondern kratzte alles aus seinem Geldbeutel zusammen und musste sich letztendlich noch zwei Euro von Tobi borgen. Eine halbe Stunde später saßen sie in Tobis Bude, eineinhalb Zimmer, Kochmöglichkeit und Dusche teilte er sich mit drei anderen auf der Etage, da rückte Harry endlich mit der

Summe raus. „Also, ich habe" und er lässt sich das Wort auf der Zunge zergehen, „einhundertfünfundzwanzigtausend Euro gewonnen." Tobi wiederholt die Summe ehrfurchtsvoll. „Warum sind wir damit nicht aus dem Schneider?" „Ich habe gerechnet. Wenn ich es auf die Bank gebe und es allen sage, dann bekomme ich kein Hartz 4 mehr, dann kann ich vielleicht sieben Jahre davon leben, noch um einiges weniger, wenn ich dir auch was zustecke. Danach bin ich in Rente und habe auch nicht viel. Wir können auch ein bis zwei Jahre großkotzig leben, was mir einen Riesenspaß machen würde, aber dann wäre alles wieder so wie heute." „Du kannst doch einhundertfünfund… – na ja – das Ganze Geld nicht in ein bis zwei Jahren ausgeben?" „Der Herr A., mein Lieber, der verdient jeden Monat das Zehnfache und gibt es auch aus." „Du meinst den Bankfuzzi." „Den mein ich." „Der gibt das doch nicht aus." „Du meinst, der steckt's ins Sparschwein? Das müsste aber schon so groß wie ein Schwimmbecken sein. Vermutlich würde er dann manchmal davor stehen und sich einen runterholen. Nein mein Lieber, der gibt ziemlich viel davon aus." „Wofür denn? Soviel kann ein Mensch nicht ausgeben." „Das, was wir beide jeden Monat kriegen, das schmeißt er jeden Monat als Trinkgeld um sich." „Glaub ich nicht. Die beiden Jahre, die ich als Nachtportier aushilfsweise für vierhundert Euro gearbeitet habe, haben mir gezeigt, die mit den meisten Flocken geben am wenigsten Trinkgeld." „Trotzdem, er gibt es aus. Wir können das ja mal kurz zusammenrechnen. Haste Papier und Bleistift? Und bring mir das zweite Bier bitte. Also, Miete, er muss ja irgendwo wohnen und mindestens in einem Haus. Und dann hat er noch eins fürs Wochenende und eins für die Ferien." „Aber die hat er alle gekauft." „Auch richtig. Also, wir müssen das ganze systematischer angehen, erst mal die monatlichen Ausgaben und dann die jährlichen. Häuser kaufen gehört zu den jährlichen." „Aber die Umlagen?" „Gut, wir sagen für drei bis fünf Häuser dreitausend, fürs Personal noch mal zehntausend." „Und wenn er da nicht wohnt?" „Aber das Personal muss immer bereit sein, falls er kommt, muss alles sauber sein. Bettflasche gewärmt, Kühlschrank gefüllt und so weiter." „Also gut, dann Klamotten. Er kauft sich wahrscheinlich einmal im Monat alles neu, sagen wir tausend?" „Was, glaubst du, er geht in den Kaufhof? Der lässt sich seine Anzüge in London oder New York schneidern, das kostet mindestens zehntausend. Und Schuhe, Hemden und seidene Unterwäsche noch mal zehntausend." „Ist er so verschwenderisch?" „Ich nehme es an. Dann das tägliche Essen ist auch viel besser als bei unsereins." „Aber fett ist der nicht." „Aber der Kaviar zum Frühstück und der Hummer zum Abendessen und der Sekt zwischendurch und von allem das Beste. Und was da in den Mülleimer geht, weil es nicht aufgegessen wird, davon könnten wir beide uns ernähren. Also sagen wir dreitausend." „Wollten wir nicht eigentlich über deinen Lottogewinn sprechen?" „Lass uns das erst zu Ende bringen, das ist doch spannend." „Aber…" „Ich denke, danach bin ich klarer im Kopf und kann über mein kleines Vermögen nachdenken." „Also gut. Wenn es sein muss." „Dann noch mal zehntausend, wenn er ausgeht mit Freunden, mit Frauen oder Geschäftsleuten, da muss er doch spendabel sein." „Meinst du, er geht auch in den Puff?" „Naja, das will ich ihm nicht unterstellen, aber wir sagen mal, noch einen Zehntausender für Geschenke für die Reisesekretärin, die kleine Affäre am Wochenende." „Aber ich denke, er muss viel arbeiten für die viele Kohle." „Fürs Vögeln ist immer Zeit. Außerdem sagt man, er arbeitet mit dem Kopf. Denken kann man in jeder Situation." „Glaubst du, er denkt dabei an seine Geschäfte?" „Manchmal könnte man das glauben. Aber wir wollen nicht über sein Sexualleben plaudern, lass uns weiter machen." „Fahrtkosten." „Das sagt man nur bei uns, wenn wir die Monatskarte kaufen. Dort heißt es Reisekosten. Benzin, Hotel usw." „Kein Auto?" „Das kommt ins Jahresbudget." „Also, Benzin und Chauffeur, da müssen wir die Personalkosten noch mal erhöhen. Das wird zweitausendfünfhundert nicht übersteigen, aber die Hotels, das wird teuer. Ein Tausender für eine Nacht ist da nichts." „Aber das zahlt doch die Bank." „Hast du auch wieder Recht und Privates und Geschäftliches wird da ganz schön vermischt. Sagen wir trotzdem fünftausend, schon wegen der Steuer." „Was haben wir noch monatlich?" „Versicherungen?" „Richtig. Unfall-, Pflege- und Kranken-Versicherung usw. mehr als vier- oder fünftausend im Monat wird er dafür nicht berappen." Harry denkt nach.

„Gut jetzt kommen die jährlichen Ausgaben. Ein Haus in der Stadt, eins auf dem Land, eins am Meer, ein Appartement für die Geliebte oder die verlassene Geliebte? Das scheint realistisch, er wird ja auch immer mal wieder eins verkaufen, trotzdem sagen wir fünf Millionen jährlich für Häuser." „Und Autos? Eins im Jahr?" „Ich würde sagen drei, es gibt ja Frau und Tochter. Also fünfhunderttausend." „Ach, das ist der mit den Superschlitten. Ich hab mich immer schon gewundert wer diese teuren Dinger kauft. Meinste, er hat auch einen Flieger?" „Mindestens drei – also zwei Millionen."

„Du schmeißt aber ganz schön mit seinem Geld um dich." „Dann die anderen Versicherungen, die man jährlich zahlt Lebens-, Feuer-, Diebstahl-, Bestattungs-, Hausrat-Versicherungen und was sonst noch, sind auch hunderttausend."

„Sag mal, was machen wir da eigentlich?", fragt Tobi plötzlich. „Wollen wir nicht endlich..." „Jetzt lass mich mal zu Ende rechnen." Harry ist eifrig am Schreiben. „Sind wir nicht etwas bescheuert, die Kosten von diesem, diesem Großkotz..." „Beherrsche dich, der Feind hört mit. Jetzt machen wir das auch zu Ende. Also, hier haben wir fünfhundertfünfzigtausend und dann die Jahressumme geteilt durch zwölf, also noch mal zweihunderttausend, sind sagen wir rund schlappe siebenhundertfünfzigtausend, die er monatlich ausgibt." „Mensch, wenn du drei Nullen wegnimmst, kriegen wir davon die Hälfte im Monat und wenn du zwei abziehst, soviel hab ich nicht in meinen besten Zeiten verdient, und du vielleicht, aber höchstens in DM." „Er würde jetzt sagen, das kann man so nicht vergleichen. Die einen leben von Geld, die anderen von Bröseln." „Scheiße ist das." „Aber er verdient doch eine Menge mehr im Monat. Was macht er mit dem Rest?" „Wollen wir das nicht lassen. Mir wird davon ganz übel." „Na, vielleicht hat er doch ein Schwimmbecken mit dem ganzen Geld und manchmal badet er auch drin."

„Harry! Es reicht!" „Gut, wenden wir uns unserem Geldproblem zu. Wir sollten das wirklich versuchen." „Was versuchen?" „Ob wir es schaffen, die hunderttausend in einem Monat in Mallorca auf den Kopf zu hauen?" „Das schaffen wir in zwei Tagen." „Was?" „Weil uns jeder ansieht, was wir in der Tasche haben und sie uns es wegnehmen, sobald wir es einen Moment nicht festhalten." „Glaubst du wirklich?" „Ich weiß es. Aber ich war schon mal auf Mallorca, ist `ne Ewigkeit her, in meinem vorigen Leben, und ich sag dir, fünftausend reichen und nach drei Wochen müssen wir eh wieder zurück." „Ich würde gern alles auf den Kopf hauen." „Wir haben zu viel getrunken. Das letzte Mal bei deinem Sechzigsten, nachdem wir uns zugesoffen haben, hatten wir uns vorgenommen, nie mehr..." „Ich erinnere mich. Aber dies ist wie Weihnachten…" „Ich mache uns jetzt einen heißen Kaffee und du pennst bei mir!"

# Eine Gutenachtgeschichte

„Ich wünsche Ihnen ebenfalls einen angenehmen Abend Herr Hofer." Franziska schaltet den Fernseher aus und räkelt sich auf dem Sofa. Wäre doch schön, wenn er oder Linda Z. oder Susanne D. mir persönlich einen letzten Gruß am Abend schicken würde, nicht nur mir, auch anderen, die allein vor dem Fernseher sitzen. Damit will ich nicht andeuten, ich sei einsam, nein, nach fast dreißig Jahren Ehe lebe ich gerne allein. Es war eine gute Zeit mit Kurt, und sein Tod brachte mich zeitweise aus dem Gleichgewicht, ich war sehr unglücklich und manchmal vermisse ich ihn heute noch. Aber jetzt, nach vielen Jahren des Allein-Lebens, geht's mir gut.

Wie gesagt, einsam bin ich nicht. Mindestens zweimal im Monat gehe ich mit Lola ins Kino, sie ist Gott sei Dank genau so fit wie ich. Freitag bin ich mit Grete im Schwimmbad, Mittwoch Gymnastik, Samstag Laufen im Park, zugegeben, da schwänze ich öfter. Gelegentlich ein Treffen mit den früheren Kolleginnen und ab und zu werde ich eingeladen. Das Leben im Alter ist anstrengend, das glaubt ja keiner, man muss sich fit halten, vernünftig essen, das Gedächtnis trainieren, viel lesen, um auf dem Laufenden zu bleiben, sich um Politik kümmern. Macht man all dies nicht, wird man krank, alt und hässlich. Das möchte ich auf keinen Fall.

Aber zurück zu den Nachrichten. Die Technik vermag heute so vieles, die Heizung kann mich bespitzeln, sie sind in der Lage jedes Telefonat zu belauschen, ein Computer identifiziert mich, wenn er mein Gesicht im Fokus hat. Also müsste es doch möglich sein, dass der Sprecher oder die Sprecherin der Abendnachrichten mir persönliche Grüße sendet, die dann nur ich selbst an meinem eigenen Fernsehgerät empfange. Also, sagt Susanne D. dann nach den Nachrichten zu mir: „Liebe Franziska, ich hoffe, es geht Ihnen gut. Ich wünsche Ihnen einen angenehmen Abend." Das wäre doch etwas für alle, die am Abend allein die Nachrichten sehen. Denn es gibt sie natürlich, die Tage, die ein wenig traurig enden. Man denkt an die Verstorbenen, hat wieder einmal eine Todesanzeige erhalten oder fühlt einen Schnupfen nahen. Ich glaube, viele meiner Freundinnen würden sich darüber freuen.

Ich vermute, es gibt mehr Menschen, als man gemeinhin denkt, die mit dem Mann oder der Frau im Fernsehen sprechen. Etwa so: Heute sind Sie aber sehr schick angezogen Linda, das gefällt mir. Oder: die Nachrichten waren fad und so heruntergeleiert, muss das sein? Oder: das ist schön von Ihnen, dass sie dieses Unglück so mitnimmt. Oder: Was tun Sie jetzt, geht's nachhause oder gehen Sie noch einen trinken? Man kann sich viele Sprüche zu diesem Thema ausdenken. Ich dagegen erwidere nur den Wunsch nach einem angenehmen Abend. Ansonsten, bin ich allein und spreche mit mir selbst. Tat ich schon immer.

„Was hast du gesagt Franziska?", fragte mein Mann mich einmal im ersten Jahr unserer Ehe und ich sagte: „Ich habe nicht mit dir gesprochen, mein Lieber." „Aber mit wem denn dann?" „Mit mir selbst." „Du kannst doch nicht mit dir selbst sprechen. Das ist doch verrückt." „Gut, dann bin ich eben verrückt. Aber jetzt lass mich in Ruhe. Ich muss das mit mir zu Ende diskutieren". Er schüttelte den Kopf, aber er gewöhnte sich daran.

Heute ist es einfacher auch auf der Straße mit sich zu sprechen, die Menschen denken, man plappert in ein kleines Gerät. Aber früher schauten sie oft kopfschüttelnd hinter mir her. In der Not oder in Verzweiflung sagt man oft einige Worte vor sich hin, so wie: Ich halte das nicht aus oder das kann doch nicht wahr sein oder wie habe ich das verdient. Ansonsten denken die meisten Menschen wahrscheinlich nach über das, was sie bewegt. Und ich spreche es halt aus. Ich diskutiere mit mir, manchmal schimpfe ich auch mit mir. Merk dir doch endlich, wo du die Brille hinlegst. Ich vermute, ich habe eine vernünftige Seite und eine emotionale und wenn ich etwas zu entscheiden habe oder ein Problem lösen will, dann ist es doch fair und richtig, beide Seiten zu Wort kommen zu lassen. Einmal gewinnt die eine Seite und dann die andere. Wenn ich mit mir spreche, laut spreche, bin ich gezwungen, mich verständlich und gut auszudrücken, ganze vollendete Sätze zu formulieren, so wird der besprochene Gegenstand klarer und eine Entscheidung fällt leichter.

Es gibt neben den persönlichen meist kleinlichen Differenzen mit sich selbst wahrlich genug Probleme in der heutigen Welt, mit denen man sich beschäftigen kann und über die immer wieder diskutiert werden muss. Wenn dieser Planet bewohnbar bleiben soll, ist jeder einzelne dazu aufgerufen, sich an den Lösungen der Probleme zu beteiligen. So, jetzt habe ich dem Fernsehgerät eine lange Rede gehalten. Jetzt werde ich noch ein wenig lesen, bevor ich mich zur Ruhe begebe.

# Die Beerdigung

Ellen fand, sie hätte schon an zu vielen Beerdigungen teilgenommen. An der von ihrem Großvater, als sie noch ein Kind war. An der von ihrer Mutter, die viel zu früh ging. Und an der ihres Ehemanns, bei der sie allein mit ihren beiden halbwüchsigen Kindern bei stürmischem Regenwetter zitternd und frierend vor dem Grab stand, bis der Pfarrer sie heimgeschickt hatte.

Sie zögerte lange an diesem Tag der Kollegin mit der sie viele Jahre zusammen gearbeitet hatte, die letzte Ehre zu erweisen – wie man so schön sagt. Sie hatte nach einer Ausrede gesucht, aber sich schließlich doch aufgerafft. Es versprach ein schöner Tag zu werden. Die Sonne hatte sich heraus gewagt und Ellen wünschte sich, mit Anna im Freien in einem Café zu sitzen und zu schwätzen. Aber stattdessen schlüpfte sie in ihr dunkelblaues Kostüm. Von Anna würde nur ein Häuflein Asche und die Erinnerung an viele gemeinsame Tage übrigbleiben, dachte sie betrübt.

In der Trauerhalle herrschten gedämpfte Laute, leise Stimmen, Schluchzen, Schritte, die über den Gang huschten auf der Suche nach einem freien Platz. Als die Türen sich schlossen, verstummte der Saal. Ellen saß, die Arme verschränkt, die Augen geschlossen, lauschte den Reden, ohne sie zu verstehen.

Sie ließ sich treiben auf dem Weg zum Grab und wieder zurück und wenn sich nicht eine Freundin an sie gehängt hätte, wäre sie zu der Feier in einem Lokal in der Nähe gar nicht mitgegangen. Jetzt befand sie sich inmitten von Verwandten, Freunden und Bekannten von Anna, trank ein Glas Wein, denn nach Essen war ihr nicht zumute, und beobachtete die Leute.

„Darf ich mich zu dir setzten", sprach plötzlich eine Stimme hinter ihr. Sie drehte sich um, ein Mann stand vor ihr, groß schlank, lächelnd. Sie kannte ihn nicht. „Bitte, der Platz ist frei." „Du erkennst mich nicht?" „Nein, ich kenne Sie nicht." „Wir kannten uns einmal vor langer Zeit." „Dann habe ich es vergessen." „Schade."

Ellen befand sich nicht in der Stimmung, mit einem Fremden darüber zu plaudern, ob sie ihm schon einmal begegnet sei. Sie nahm sich noch ein Glas Wein und schaute in die andere Richtung. Allmählich schlüpfte sie in einen halbwachen Zustand. Bilder tauchten vor ihr auf, die sie längst gelöscht glaubte. Ein Park im Frühling mit seiner Blumenpracht. Die Universität mit ihren unendlichen Fluren und Räumen. Der Weg in ihre Studentenbude. Die Freundinnen von damals, wie sie gemeinsam die verrücktesten Sachen unternahmen, und plötzlich David. Sie erstarrte. Nicht umdrehen. Aufstehen und weggehen, sagte sie sich. Aber sie blieb bewegungslos, wie angewachsen auf ihrem Stuhl sitzen, wagte nicht sich zu rühren. Die Geräusche im Raum, Stimmen, Tellergeklapper, das Rücken der Stühle, die Schritte der Serviererinnen schienen ihr plötzlich unerträglich laut.

„Wollen wir nicht miteinander sprechen. Vielleicht finden wir eine Erklärung nach so vielen Jahren." Seine Stimme schien die Geräusche im Saal zu übertönen. Sie drehte sich um – David, er war es tatsächlich. Älter geworden, mit Falten um die Augen und grauen Strähnen im Haar. Sie legte ihre Hände in den Schoß, schaute ihn an. „Wir haben uns nichts zu sagen." „Vielleicht können wir es klären."

Die Erinnerung brach wie ein Sturm über Ellen herein, die wunderbaren Tage und Nächte mit ihm und der Schmerz der plötzlichen unerklärlichen Trennung.

„Ich halte es nicht aus hier; entweder du gehst oder ich." „Dann gehen wir doch gemeinsam." Ellen trank hastig den letzten Schluck Wein aus ihrem Glas. Es gab nichts zu klären, aber vielleicht etwas zu verstehen? Sie zweifelte daran. Vielleicht war es einen Versuch wert, vielleicht könnte sie endlich diese Gefühle des Zorns und der Demütigung, die nie wirklich verschwunden waren, aufgeben. „Gut, geh du zuerst", sagte sie leise. „Ich komme in fünf Minuten nach." Sie verabschiedete sich von den Eltern und dem Ehemann Annas mit einer dünnen Ausrede.

Er wartete draußen. „Dort steht mein Auto." „Nein, gehen wir einige Schritte. In wenigen Minuten erreichen wir einen kleinen Park." „ Sollten wir nicht in ein Café…"

„Nein, es ist der richtige Moment für einen klärenden Spaziergang." Sie liefen entlang der Straße ohne etwas zu sagen. Der Lärm der vorbeifahrenden Autos und der Straßenbahn würde sie zwingen, laut und sich zugewandt zu sprechen. Ellen überlegte, ob sie nicht einfach davonrennen sollte. Aber sie besann sich, vielleicht hilft eine Aussprache, die Geschichte endlich einzuordnen – wie eine Akte abzulegen. Sie führte ihn vorbei an einer Kleingartensiedlung. Minuten später erreichten sie den kleinen Park, ideal für Jogger, die ihn wahrscheinlich in fünfzehn Minuten umrundeten. Einige waren tatsächlich unterwegs.

„Warum?" Ellen blieb stehen, schaute ihn an. „Warum? Wir waren drei Wochen zusammen, Tag und Nacht, bis auf wenige Stunden. Wir haben uns alles voneinander erzählt. Wir sind Hand in Hand durch die Stadt gelaufen, haben uns nachts auf dem Spielplatz in den Himmel geschaukelt. Ich glaubte, wir liebten uns. Wir waren verabredet und du kamst nicht. Wir waren nur wenige Stunden getrennt, du wolltest mich abholen und du kamst nicht. Ich habe gewartet Stunden, Tage, aber ich habe dich nie wiedergesehen und nie wieder etwas von dir gehört."

„Man sagt, ich wäre vor etwas davongelaufen. Bin ich vor dir weggerannt? Ich weiß es nicht. Ich konnte mich nicht erinnern, erst Monate später, aber verschwommen, es schien wie ein Traum. Eigentlich habe ich mich erst wieder genau erinnert, als ich deinen Ring sah. Du trugst ihn damals schon." Sie schaute verwirrt auf ihre Hand. Der

Ring, ein Geschenk ihrer Großmutter zu ihrem achtzehnten Geburtstag.

„Was redest du für einen Unsinn? Vor mir weggerannt? Warum hast du nichts gesagt?" „Verzeih. Manchmal gerate ich noch in diese Traumwelten und jetzt das Wiedersehen mit dir verwirrt mich. Aber plötzlich sehe ich alles deutlich vor mir, was früher nur einzelne Szenen, seltene Augenblicke waren." Ellen starrte ihn ungläubig an. „Willst du mich täuschen, verarschen? Was hast du vor?" „Entschuldige, lass uns einen Moment auf dieser Bank Platz nehmen, dann kann ich es dir erklären."

Er hielt sich einen Moment beide Hände vor sein Gesicht, atmete tief ein und aus, setzte sich dann aufrecht, rückte ein kleines Stück von ihr weg. „Ich bin damals, es muss spät in der Nacht oder früh am Morgen gewesen sein, auf dem Weg in die Wohnung meines Freundes durch die Straßen gerannt und dann verunglückt. Ein Auto hat mich überfahren. Man hat mich wohl erst eine Stunde später gefunden. Der Fahrer war einfach weitergerast. Ich lag im Koma, ziemlich lange, sagt man. Und dann habe ich mich an nichts erinnert. Schon an dich, aber nur vage, weit entfernt und ich wusste überhaupt nichts über die letzten beiden Tage." „Erfindest du das jetzt? Ein Unfall, ich hätte doch davon gehört." „Ich verbrachte fast ein Jahr in verschiedenen Kliniken, versuchte herauszufinden, wie mein Leben bis dahin verlaufen war. Ich malte ein Bild von mir. In der nächsten Krise brach es wieder zusammen. Ich wusste oft nicht mehr wer ich war. Du bist ein Phantom gewesen, ein Traum, eine Illusion, manchmal sah ich dich deutlich vor mir, dann verschwand das Bild und ich sah nur sich bewegende Schatten. Erst der Ring hat mir die Wahrheit gebracht."

Er zog seine Brieftasche hervor und fischte zitternd ein vergilbtes verknittertes Stück Papier heraus, den Zeitungsausschnitt über seinen Unfall, damals vor zwanzig Jahren. Sie nahm das Papier, prüfte das Datum und las. Es stimmte, es war der Tag seines plötzlichen Verschwindens und, sie erschrak, sie hatte damals von dem Unfall gelesen. Hatte sie nicht daran gedacht, er, David konnte der Verunglückte sein? Nein, niemals. Sein Verschwinden hatte sie tief gekränkt. Sie hatte nie erwogen, ihm könnte etwas passiert sein. Sie schaute ihn an, gab das Papier zurück. Er steckte es sorgfältig wieder in seine Brieftasche.

„Hast du das immer mit dir herumgetragen?" „Ja, seit zwanzig Jahren." „Warum?" „Um es dir zu zeigen."

Sie erhoben sich gleichzeitig und gingen schweigend entlang des Weges. Zur Rechten die Bäume, deren Blätter eben dabei waren, sich auszubreiten und zur Linken eine Wiese mit blauen und weißen Frühlingsblumen. „Ich kann es nicht glauben, es würde alles verändern. Ich habe dich gehasst, verflucht, dich in die Hölle gewünscht." „Ich lebte in der Hölle für eine lange Zeit." „Ich kann die Flüche, die Verwünschungen, die ich dir hinterher geschickt habe, nicht zurücknehmen." „Vielleicht vergessen?" Sie blieb stehen, schaute ihm ins Gesicht.

„Nein, natürlich nicht. Im Moment hat es mich erschreckt, verunsichert, ein Teil meines Lebens hat sich plötzlich als falsch erwiesen. Vielleicht wird mich jetzt ein schlechtes Gewissen verfolgen, so wie mich die Wut auf dich verfolgt hat." „Das muss es nicht. Kannst du nicht froh sein darüber, dass ich dich nicht freiwillig verlassen habe?" „Vielleicht mit der Zeit."

Er schaute sie lange an. „Jetzt haben wir von mir geredet. Sprechen wir von dir. Was hast du gemacht all die Jahre?" Sie schüttelte den Kopf. Sie liefen wortlos nebeneinander. Sie weinten beide, wischten sich verlegen die Tränen aus den Augen.

„Woher kennst du Anna?" „Sie ist meine Cousine." „Und, hast du nie, ich meine, hat sie nie von mir erzählt?" „Ich wusste nur deinen Vornamen und war trotzdem nicht sicher. Manchmal sagte ich Ellen, dann Erika oder Evelyn… Ich war davon überzeugt, wenn ich dich je wiedersehen würde, dann bestimmt plötzlich auf der Straße." Sie verstummten und dachten verzweifelt darüber nach, wie es weitergehen sollte? Adressen austauschen, wie lächerlich, aber einfach wortlos auseinander gehen, wie banal.

Ellen blieb plötzlich stehen. „Heute ist Freitag. Hast du frei das Wochenende." Er nickte. „Gut, wir fahren nach Heidelberg und erinnern uns." „Wirklich?" David drehte sich zu ihr um, schüttelte den Kopf. „Willst du das tatsächlich? Es ist gefährlich. Es kann so oder so ausgehen." „Bist du mutig?" „Ich denke schon." „Dann wagen wir es."

Sie gingen schnellen Schrittes, als ob sie es eilig hätten. Plötzlich blieb David stehen. Ellen drehte sich nach ihm um. „Ich weiß nicht, ich höre deine Worte, sehe uns vor zwanzig Jahren, aber hat es noch etwas mit heute zu tun. Ich bin ein anderer. Ich weiß nicht mehr wer ich war, was ich dachte, träumte, wie ich dich sah, was ich fühlte." „Was meinst du?" „Bist du je wieder in Heidelberg gewesen?" „Nein, ich habe die Uni gewechselt und bin nach Frankfurt gezogen. Ich bin nie wieder dort gewesen." „Warum?" „Weil sich Heidelberg ebenso verändert hat wie wir beide. Wir werden unser früheres Leben dort nicht finden." „Hast du Angst?" „Ja, auch. Wenn es überhaupt gelingen sollte, uns an die, die wir waren zu erinnern, dann müssen sich erst die, die wir sind kennenlernen."

Ellen blieb stehen und schaute ihn lange an. „Ich weiß nicht, ob ich das will. Ich frage mich, ob du einfach feige bist, dich der Vergangenheit nicht stellen willst." „Vielleicht. Ich weiß aber, dass ich nicht mehr zwanzig bin, dass ich erwachsen geworden bin, mich verändert habe, viel erlebt habe. Du nicht?" „Doch, vielleicht." „Was nun? Was sollen wir deiner Ansicht nach tun?" „Jetzt bist du verärgert." „Nein, ich wollte nur etwas in meinem Leben korrigieren." „Kann man das?" „Ich bin zu feige gewesen, noch einmal nach Heidelberg zu fahren. Ich habe oft darüber nachgedacht."

David nahm ihre Hand. „Lass uns einen neutralen Ort suchen und einen langen Spaziergang machen." „Und dann?" „Und uns erzählen, wie es uns ergangen ist nach der Trennung." „Und was aus uns geworden ist?" „Vielleicht." Ellen seufzte. Dann drückte sie ihm ihre Tasche in die Hand. „Ich muss einmal um diesen Park herum rennen. Dann habe ich mich entschieden." „In diesen Schuhen?" „Egal, ich pass auf." „Einverstanden. Ich warte hier auf dich."

Sie sah ihn an, nickte und rannte los. David setzte sich auf die Bank, schloss die Augen und wartete. Er erkannte sie an ihren Schritten. Er öffnete die Augen. Sie war außer Atem, setzte sich neben ihn. Ihr Atem beruhigte sich nur langsam. „Gut, ein langer Spaziergang, aber zunächst muss ich etwas essen." „Einverstanden." Sie sprang auf, nahm seine Hand, zog ihn hoch. Er legte seinen Arm um ihre Schulter und gemeinsam liefen sie Richtung Innenstadt.

# Ein Gespräch

„Haben Sie einen Euro für mich gnä Frau?" Der Mann, so um die sechzig, lächelt sie an, dreht die Hand auf, streckt sie aus und zieht sie wieder zurück. „Mit der Mark ging das viel besser, ham`se mal `ne Mark?"

Sie war stehengeblieben. Rechts floss träge der Main. Die Enten schwammen am Ufer geschwind hin und her und warteten auf die Brotbrocken der Vorübergehenden. Links von ihr ein Stück Rasen, oberhalb die Straße und das gleichmäßige Rauschen der fahrenden Autos. Für einen Obdachlosen sieht er nicht schlecht aus. Fünftagebart, ordentliches Hemd, dunkle Hosen, die man schon in die Kategorie ‚ziemlich sauber‘ einordnen konnte, ein leichter Geruch von Alkohol und Schweiß war zumindest für feine Nasen wahrzunehmen.

„Ich würde Ihnen auch zwei Euro geben, aber nicht für Schnaps", sagt die Frau. „Ich trinke keinen Schnaps", sagt der Mann, „nur Wein", fügt er hinzu. Sie lächelt wider Willen. „Wein ist auch Alkohol." „Und sie geben keinen Euro für Alkohol?" Sie nickt. „Sie wissen schon, dass Alkoholismus eine Sucht ist und das wiederum ist eine Krankheit." Sie antwortet nicht, steht neben ihm, aus Gewohnheit die Handtasche fest an sich gedrückt, in einem dunkelblauen Sommerkleid und einer Strickjacke über den Schultern.

„Aber sonst geben sie schon mal einen Euro?", fragt er. „Ja, manchmal." „Wem?", fragt er und antwortet selbst, „der Mutter mit dem Kleinkind, dem Krüppel, dem unverschuldet Obdachlosen, aber nicht dem Alkoholiker?" Sie nickt und errötet ein wenig. „Na gut", sagt er, „irgendwer wird mir meine Flasche heute schon finanzieren." Er nickt ihr zu, dreht sich um... „Warten Sie", sagt sie zögernd und streckt ihm einen Euro hin. Der Mann kommt zurück und lächelt. „Ich mache Ihnen einen Vorschlag", sagt er, für sagen wir drei", er räusperte sich, „oder zwei Euro erzähle ich Ihnen meine Lebensgeschichte." Sie errötet bei diesem Angebot, aber sie ist auch neugierig. Sie hat schon gelegentlich mit den Bettlern auf der Straße gesprochen. Dieser hier ist anders. Warum nicht? „Dort sehen Sie die Bank und fünfzig Meter weiter gibt es oben einen Kiosk. Dort hole ich Kaffee", er schaut sie an, „für uns beide", betont er. Sie ziert sich nicht. Der Alltag bietet nicht viel Abwechslung. Sie gibt ihm Geld. „Mit Milch bitte", sagt sie und geht auf die Bank zu. Er eilt davon.

Ob er wiederkommt? fragt sie sich. Sie nimmt die Strickjacke, wendet sie, legt sie auf die Bank und setzt sich drauf. Sie wartet. Sie sieht ihn am Kiosk gestikulieren. Dann kommt er tatsächlich mit zwei Pappbechern voll Kaffee auf sie zu. Es ist gut, dass wir hier sitzen, denkt sie, hier sieht man uns nicht, wir schauen auf den Fluss und die Leute wandern hinter uns vorbei. Man hört nur unsere Stimmen.
Er reicht ihr den Pappbecher und setzt sich neben sie. „Sind sie schon gespannt auf meine Geschichte?" Sie schlürft den heißen Kaffee und bleibt stumm. Nach einer Weile des Schweigens sagt sie: „Soll ich Sie jetzt bitten?" „Haben Sie Familie?", fragt er statt ihr zu antworten. „Ich war einmal verheiratet, das ist schon sehr lange her, ich hatte es fast vergessen."

„Ich war zweiundzwanzig als mich der Alkohol das erste Mal k.o. geschlagen hat. Davor bin ich von einem hohen Felsen in die Tiefe gestürzt. Ich war vierundzwanzig Monate und dreiundzwanzig Tage verliebt und glücklich. Ich dachte, so würde mein Leben weitergehen und immer weitergehen, verliebt und glücklich. Sie sagte einfach, es ist aus. Ich liebe einen anderen. Es dauerte fast zwei Tage bis ich es wirklich begriffen hatte. Dann betrank ich mich bis zur Bewusstlosigkeit."

„Als mein Mann mich verließ", sagte sie mit gleichmütiger Stimme, „habe ich, obwohl ich mich gar nicht unglücklich fühlte, eine Woche nichts gegessen."

„Mein Rausch dauerte fast ein Jahr", sprach er leise, mehr zu sich selbst, „ich war Tag und Nacht betrunken. Ich war nicht mehr der, der ich früher war, ein gutaussehender, begabter junger Mann. Ich war ein Wrack, am Ende."

„Nachdem mein Mann verschwunden war, habe ich eine Stelle als Buchhalterin angenommen und zwanzig Jahre im selben Betrieb gearbeitet."

„Mein Vater und mein Bruder packten mich eines Tages und sperrten mich ein. Ich bekam keinen Tropfen Alkohol mehr. Nur Wasser und Suppe. Ich schmiss alles an die Wand. Ich tobte, ich schrie, ich weinte, ich bettelte. Ich war im Keller unseres Hauses eingesperrt. Niemand hörte mich. Es dauerte Wochen oder Monate, ich verlor alles Zeitgefühl."

„Diese zwanzig Jahre in dem Betrieb, in dem ich als Buchhalterin gearbeitet habe, waren so lang wie ein einziger Tag und gleichzeitig dauerten sie mein ganzes Leben", sagte sie.

„Ich erinnere mich wieder an den Tag, an dem ich zum ersten Mal für eine Stunde mein Gefängnis verlassen durfte.

Ich ging mit Vater und Bruder im Garten spazieren, eine Stunde lang. Ich weinte als ich die Sonne und den Himmel sah. Von da an ging es aufwärts. Ich durfte jeden Tag den Bunker für eine halbe Stunde länger verlassen. Zunächst blieb ich im Garten, später ging ich auf die Straße, dann ins Zentrum der Stadt. Wir lebten in einer Kleinstadt. Nach und nach sah ich auch meine Mutter, meine Verwandten und später meine Freunde wieder. Jedes Mal bevor ich mein Gefängnis verließ, hielt mein Vater mir immer denselben Vortrag, ich sei Alkoholiker, sagte er, und ich dürfe nie wieder einen Tropfen Alkohol trinken, sonst würde ich mich wieder vergessen und in den ewigen Rausch zurückfallen. Damals war ich fünfundzwanzig."

„Als ich fünfundzwanzig war, hatte ich schon ein Kind verloren und erfahren, dass ich keines mehr bekommen könnte", sagte sie.

„Ich war erlöst. Ich habe meinem Vater geglaubt und keinen Alkohol angerührt. Ich habe studiert und Karriere gemacht. Ich bin in der Welt herumgeflogen, der ewige Wassertrinker und habe viel Geld verdient. Ich habe geheiratet und zwei Kinder gezeugt. Ich war nicht so glücklich wie damals mit zwanzig. Ich war rastlos, ein wenig gehetzt und ich war sehr überheblich. Ich fand mich gut. Ich habe die anderen verachtet. Und ich war blind, wie schon mit zwanzig. Ich dachte, wir führten eine gute Ehe, meine Kinder würden mich lieben und wären wohlerzogen. Dann wollte meine Frau mich verlassen. Davor hatte ich allerdings zwei Rückfälle. Den ersten nachdem ich mein Examen bestanden hatte. Ich war einfach nicht mutig genug, meinen Freunden zu sagen, ich dürfe nicht trinken. Plötzlich bekam ich unerträgliche Schmerzen. Es war der Blinddarm. Es war demütigend, sie mussten mich erst ausnüchtern, bevor ich operiert werden konnte. Später hatte ich noch einmal einen Rückfall von drei Monaten, aber an den erinnere ich mich nicht gern." Er hatte auf den Fluss geschaut, während er erzählte, jetzt blickte er sie an. Sie saß aufrecht mit geradem Rücken an die Bank gelehnt, die Augen geschlossen. „Wenn mein Mann getrunken hatte", murmelte sie, „beschimpfte und schlug er mich, und Schlimmeres."

„Ab dem Tag, an dem ich erfuhr, dass sie mich verlassen wollte, sehnte ich mich danach, mich zu betrinken. Ich wurde mir selbst fremd und ich kämpfte stärker gegen den Alkohol als um meine Frau."

„Ich habe mich geschämt, als mein Mann mich verlassen hatte, aber ich habe ihn nicht zurückgehalten."

„Nach einem Streit verließ mich meine Frau mit meiner Tochter, wie sie sagte, endgültig. Niemand ahnte wie endgültig. Ein Lkw-Fahrer kam wohl halb schlafend auf die linke Spur und zerquetschte das kleine Auto. Mein Sohn, der mit seiner Klasse unterwegs war, hat nie wieder mit mir gesprochen. Die drei Jahre bis zu seiner Volljährigkeit lebte er bei meinem Bruder und seiner Familie. Ich übertrug ihm die Hälfte meines Vermögens, nicht viel, wir lebten nicht auf großem Fuß, aber er wird davon studiert haben. Den Rest habe ich in einem Jahr versoffen. Mittlerweile bin ich milder geworden. Mir reicht eine Flasche Wein am Tag, um mich vergessen zu lassen." Sie schweigen beide, beobachten die Enten. Nach einer langen Pause sagt er: „Wie gefällt ihnen meine Beichte?" Sie ziert sich. Sie schweigt.

„Sie glauben mir nicht?" „Nein, nicht wirklich." „Aber was soll ich tun, damit Sie mir glauben?" „Nichts", sagte sie, „hier sind Ihre drei Euro."

„Sind Sie verärgert?" „Nein." „Sehen wir uns wieder?" Sie lächelt. „Vielleicht, wenn Sie mir keine Geschichten erzählen."

## Alles ist irgendwie anders

An einem kalten Januarmorgen, als Luise das Haus verlässt, prallt sie beinahe auf den dicken Herrn Mayer, der plötzlich aus dem Garageneingang hervortritt. Sie murmelt eine Entschuldigung, umrundet ihn und biegt nach links. Irgendwas ist anders heute, sagt sie vor sich hin. Seit diesem nebelverhangenen Montag letzten November, an dem Robert ihr sagte, er würde jetzt die Wohnung verlassen und nie zurückkehren, meidet sie die U-Bahnhaltestelle, an der sie jeden Morgen mit ihm eingestiegen war, nimmt einen kleinen Umweg zu einer etwas entfernteren Haltestelle.

Robert hatte sich eben rasiert und einige Schaumflöckchen hatten sich auf Nase und Stirn zurückgezogen, sie hätte sie gerne weggeschnippt, die Stellen geküsst, ihn an sich gedrückt und ihn ein bisschen scharf gemacht, um sich ihm gleich wieder zu entziehen. Aber der träge Blick seiner Augen, der über sie hinweg ins Nichts sah, hinderte sie daran. Roberts Wangen waren gerötet. Eigentlich galt er als ein gutaussehender Mann, schmales Gesicht, lange Nase, dunkles Haar, braune Augen und unverschämt lange Wimpern. Aber damals, er stand an die Küchentür gelehnt Luise gegenüber, die am Küchentisch saß, die Kaffeetasse in beiden Händen. Seine Nase schien zu lang, die Augen verquollen, sein Blick fast blöde, irgendwo in die Ferne gerichtet, sein Mund wie im Schlaf geöffnet. An diesem Morgen glich er einem dieser vertrottelt aussehenden Ehemännern in einem amerikanischen Lustspielfilm. Er nahm seinen endlosen Blick zurück und richtete ihn auf die linke obere Ecke des Zimmers und erklärte ihr, dass er jetzt seinen Koffer packen und verschwinden würde. Sie hatte seine ausschweifenden Erklärungen von seinem momentanen Gefühl der Enge und seiner Aufbruchsstimmung nicht abgewartet, sondern ihre Handtasche gepackt, sich den schwarzen Mantel übergeworfen und die Wohnung verlassen.

Am Abend fand sie seine Haus- und Wohnungsschlüssel im Briefkasten. In der Wohnung hatte er wenige Lücken hinterlassen. An der Garderobe hing nur einsam ihr Regenmantel. An der Wand erinnerte nur ein zarter heller Fleck an das gerahmte Foto, das die aufgewühlte See des Nordens zeigte. Der Kleiderschrank war fast zur Hälfte geleert. Im Bücherregal fehlten die Sciencefiction-Bände.

Die meisten Möbel hatte Luise mitgebracht, das gemeinsam angeschaffte Doppelbett stand noch an seinem Platz.

Luise, Mitte dreißig, wirkt jungenhaft, schlank mit langen Beinen und Armen und einem lässigen Gang. Ihre schulterlangen blonden Haare, die großen Augen und ihre vollen, immer leicht geöffneten Lippen geben ihr etwas sinnlich Leichtes. An der Haltestelle trifft sie Dora, wie jeden Morgen.

„Irgendwas ist anders heute", sagt Luise. „Was denn?" „Ich weiß es noch nicht." Dora flüstert ihr halblaut eine gekürzte Version ihres gestrigen Kinobesuchs ins Ohr. „Musst du sehen. Es drückt dich in den Stuhl vor Spannung." Dann drängt sie sich durch die Menge nach draußen. „ Also Ciao, bis morgen", ruft sie. Luise entdeckt einen leeren Platz und setzt sich. „Irgendwas hat sich verändert, wenn es mir nur einfallen würde."

Vor zehn Jahren war sie hier angekommen am Frankfurter Hauptbahnhof mit Koffer und Rucksack. Die ersten Monate hatte sie bei Dora gewohnt und sich einen Job gesucht. Obwohl sie kein Superzeugnis, wie ihr Vater es gewollt hätte, vorweisen konnte, fand sie schnell Arbeit und entdeckte den Ehrgeiz. Mittlerweile hat sie zweimal gewechselt und arbeitet jetzt in einer kleinen Agentur. Sie lässt sich von der allgemeinen Hektik mittreiben und behält trotzdem den Überblick. Sie hat die Organisation fest im Griff und die Kollegen verlassen sich auf ihr gutes Gedächtnis. Mit Robert war sie im Park beim Joggen fast zusammen gestoßen, als sie um die Ecke flitzte und er ihr entgegen kam. Sie standen schwer atmend vor einander und begannen sich zu beschimpfen. Nachdem der Ärger verfolgen war, gingen sie gemeinsam frühstücken. Ein Jahr später hatte Robert von irgendwo her diese Wohnung gezaubert und sie waren gemeinsam eingezogen. Luise genoss die Liebe und das Leben zu zweit.

Nach einigen gescheiterten Beziehungen, die Luise nach kurzer Zeit vor Wut und Verzweiflung beendet hatte, weil sie sich beschissen behandelt fühlte, oder der Mann sich plötzlich verflüchtigte, redete sie sich ein, bei ihr würde es halt nichts Normales geben.

Und dann das. Robert. Wenig Streit. Gemeinsam joggen. Kino, Ferien zu zweit, zu Hause kochen. Nur seine ständige Lust, es im Freien zu treiben, versteckte Plätze zu suchen und immer die leise Panik im Kopf, irgendwann würde eine Gruppe von Leuten auftauchen und sie anstarren, das störte sie. Trotzdem, es hätte einfach so weitergehen können.

Neben Luise erhob sich der Mann, der sich mit der Bildzeitung breit gemacht hatte, und schnell setzte sich ein schwarz gekleideter Jüngling neben sie. „Glück gehabt heute", sagt er. Luise achtet nicht auf seine Worte. „Hören Sie", fuhr er fort, „seit Wochen fahren wir jeden Morgen in derselben U-Bahn. Ich starre Sie an. Sie sehen mich nicht. Ich bleibe stehen, weil ich vor lauter Nach-Ihnen-Ausschau-Halten keinen Platz finde und jetzt sitze ich neben Ihnen. Hab ich nicht Glück?" Luise schüttelt den Kopf, betrachtet ihn und schweigt. „Darf ich Sie zum Essen einladen?" „Sie mich? Ich meine, Sie wollen mich einladen?" „Ja, ich warte seit Wochen darauf." „Sie sind so jung." „Ja und, ich werde älter." „Gut", erwidert Luise nach kurzem Überlegen, „ich brauche einige Tage Bedenkzeit. Am Freitag werde ich Ihnen meine Antwort geben." Der junge Mann strahlt. „Wunderbar. Ich muss hier raus. Bis Freitag, überlegen Sie gut." Luise lächelt.

Sie stürmt in die Agentur: helle große Räume, weiße Schreibtische, farbige künstlerische Fotos an den Wänden, grüne Pflanzen in den Ecken und schwarze Kaffeetassen in den Händen der Mitarbeiter. Aus dem Zimmer des Chefs dringt Musik, das Klassische von HR2, sofern die Tür offen steht, schrilles Telefonklingeln, das Klappern der Absätze, die leisen Anschläge auf den Tasten der Computer. Viel Bewegung, hin- und herlaufen, aus den Zimmern rennen, wieder hineinstürzen, Pläne, Zettel, Mappen von einem Büro zum anderen bringen. Wenige Gespräche, die immer gleichen Monologe von Zimmer zu Zimmer.

„Ich habe schon auf dich gewartet, sagt der Mann im weißen Hemd und schwarzer Hose, ich brauche dringend…" „Ich habe dir doch den Terminplan schon gestern auf deinen Schreibtisch gelegt." „Was wo? Ich habe nichts gesehen. Ah, doch da. Du bist ein Schatz." Der Tag vergeht wie im Flug. Telefonieren, schreiben, Mappen zusammenstellen, wieder telefonieren, Berichte tippen.

Mittagessen mit Anna. Anna sucht einen Mann. Seit drei Monaten schon. „Es klappt nicht. Ich muss die Stadt wechseln. In Frankfurt gibt es keine interessanten Männer mehr." „Du spinnst." „Ich schwöre es, nur noch Verrückte. Gestern trank ich in meinem Stamm-Café nur einen kleinen Espresso, da quatscht mich so ein Kerl an, ich rede mit ihm über dies und das. Dann sagt er, entschuldigen Sie mich bitte einen Moment. Es vergeht ein Moment, zwei, drei, vier. Also dann kommt der Kellner und verlangt von mir, dass ich seine beiden Kaffee und ein Croissant bezahlen soll." Luise lacht. „Du hast doch nicht bezahlt?" „Nein, aber trotzdem regt es mich auf."

Gegen sechs verlässt Luise das Büro. Zwei Straßen weiter trifft sie sich mit Sabine zum Essen. In den letzten Monaten hat sie Unsummen in Restaurants ausgegeben, weil sie es so wenig zu Hause ausgehalten hatte. „Alles ist irgendwie anders. Diesen Morgen hat mich ein junger Mann zum Essen eingeladen. Ich schätze ihn auf fünfundzwanzig." „Genieße es doch einfach." „Aber irgendwas ist anders." „Es wird dir schon noch einfallen." „Ich werde nie wieder im Freien... Hey, jetzt weiß ich es: Ich habe seit zwei Tagen nicht an Robert gedacht." „Bravo, gratuliere. Das muss gefeiert werden. Trinken wir ein Glas Sekt."

Es ist fast elf als Luise wieder in der U-Bahn sitzt. Ihr gegenüber sitzt ein Mann, der ihr auf den Schoß starrt. Luise steht auf, steigt aus und einen Wagen weiter wieder ein. Eine Station später springt sie heraus und schlendert die Straße entlang. Plötzlich bleibt sie stehen. In der Ferne sieht sie eine Gestalt vor ihrem Haus, die zu ihrem Fenster hinauf schaut. Es ist Robert, der dort steht. Langsam und geräuschlos schiebt sich Luise zurück und schleicht in eine Nebenstraße. Sie keucht. „Robert." Sie setzt sich auf einen Steinblock, der da rumsteht. Sie wartet, dann schaut sie noch einmal um die Ecke. Er steht näher an der Tür. Sie geht zurück, hockt sich wieder hin, steht wieder auf. Sie biegt zweimal nach links, klingelt an der Haustür eines gelb gestrichenen Gebäudes, fragt nach jemand, den niemand kennt, entschuldigt sich, hört kurz dem laut schimpfenden Mann zu. „Was fällt Ihnen ein, mitten in der Nacht…"

Sie legt ihren Schirm zwischen Tür und Wand und geht weg. Sie wartet bange fünf Minuten, bis wieder Ruhe im Haus eingekehrt ist, dann schleicht sie zurück, öffnet leise die Tür, geht durch den Flur hinaus zum Hintereingang. Die Hinterhöfe sind schwarz. Die beiden einzigen helleren Fenster lassen nur Schatten erkennen. Luise tappt durch den Hof. Sie stolpert über Äste, Kinderspielsachen und ein Fahrrad, bis sie die niedrige Mauer erreicht, die beide Höfe trennt. Sie zieht sich hoch und springt an der anderen Seite herunter. Ihr Fuß trifft auf einen Stein, knickt um. Sie humpelt bis zur Hintertür ihres Wohnhauses. Sie schleicht im Dunkeln die Treppe hinauf. Sie sucht das Schlüsselloch, schließt ihre Wohnung auf und sperrt ab. Sie wirft sich aufs Bett. Dann springt sie wieder auf und schiebt die Kommode vor die Tür. Allmählich beruhigt sie sich. Der Weg hinaus, morgen früh, wird derselbe wie eben sein, überlegt sie. Aber für die nächsten Tage muss ich mir einen Schlüssel für das

Nachbarhaus beschaffen. Dann geht sie ins Bett, aber sie schafft es nicht, ihre Gedanken abzuschalten.

„Was will er nur von mir?", denkt sie, „hat er ein Buch vergessen? Oder seinen Schal oder sonst was?" Nach einer Weile sagt sie laut: „Egal was ihn hertreibt, er wird mindestens drei Nächte vor meiner Tür stehen müssen, bevor ich ein Wort mit ihm spreche."

„Es war so schön, einige Tage nicht an ihn zu denken", flüstert sie und ist wenige Minuten später eingeschlafen.

# Endlich

Jeden Morgen, wenn ich mich die steinerne Treppe hinauf schleppte – die Rolltreppe zu benutzen verbot ich mir, denn inmitten dieser Menschentraube dem Himmel entgegen zu gleiten, war mir zuwider – schien mir der Aufgang steiler als am Tag zuvor und unerträglich lang. Nach der langen Fahrt mit der Bahn gierte ich nach der Helligkeit des Tages, auch wenn sie sich im Winter noch dämmerig und verschwommen zeigte. Ich hatte vergessen, warum ich vor einigen Jahren in einen Vorort gezogen bin, wohl, so vermute ich, um der guten Luft willen und der langen Spaziergänge am Wochenende in den umliegenden Wäldern, die ich aber nie unternommen habe. Einige Monate hatte ich die morgendliche Fahrt mit dem Auto zur Arbeit durchgehalten, dann aufgegeben. Das ständige Fahren, Anhalten, Weiterfahren, Stoppen und so weiter zermürbte mich. Nur manchmal, wenn die Außenwelt klamm und nass war, und der Regen unermüdlich auf die Erde schwappte, wenn die Gerüche in der Bahn durch die nassen Mäntel unerträglich wurden, dann nahm ich das Auto. Die wenigen Schritte durch den Park von der S-Bahn-Station bis zum Gebäude der Versicherung lief ich in fünf, sechs Minuten. Es waren die Momente, die mir, bevor die Türen der Arbeit sich hinter mir schlossen, verrieten, welche Jahreszeit sich eben ausgebreitet hatte. In diesen kurzen Augenblicken beobachtete ich die ersten Blüten in den

Ästen, das Grün des Sommers und das Fallen der gelb und rotbraun gefärbten Blätter im Herbst. Selbst dem Winter, wenn die Bäume ihre dürren schwarzen Äste in den Himmel streckten, konnte ich etwas abgewinnen. Das letzte Blatt, das der Wind hinwegfegte, schürte die Sehnsucht nach dem Ende der trüben Tage und den ersten Schneeglöckchen zwischen den Bäumen. Neben mir, vor mir, hinter mir liefen viele andere Menschen denselben Weg, nicht nur diejenigen, die mit der S-Bahn anreisten, auch die, die einige hundert Meter entfernt aus der U-Bahn ausstiegen, und die, die von irgendwoher zu Fuß gekommen waren. Alle benutzten den Weg zwischen den Bäumen. Sie strebten irgendwo ein Gebäude an, in dem sie verschwanden. Die meisten gingen eiligen Schrittes, schauten nicht rechts, nicht links, hatten nur ihr Ziel im Auge. Einige hatten den Ellbogen angewinkelt, drückten das kleine Gerät ans Ohr und sprachen ganz ungeniert laut, so dass zwar nie Blicke, wohl aber die Wortfetzen zu mir drangen. Eine Sache fiel mir bei meinem Spurt durch die Anlage auf und beschäftigte mich. Ich nahm immer die S-Bahn um dieselbe Zeit, die Zeit der Ankunft schwankte um ein bis drei Minuten. Aber ich begegnete nie denselben Menschen auf meinem Weg ins Büro, obwohl, so dachte ich, ja Hunderte von Menschen jeden Tag wie ich dort entlang eilten. Also müsste ich doch den einen oder anderen wiedererkennen. In der Bahn war ich meist in die Zeitung vertieft, manchmal spazierte ich auch mit meinen Gedanken in unbekannte Gefilde, dann hielt ich trotzdem die Zeitung nah vor mein Gesicht. Aber mit der Ankunft an der Haltestelle war ich erwacht und bereit, andere Menschen zu sehen und zu erkennen. Aber nie begegnete mir ein Mensch ein zweites Mal. Nie erkannte ich ein Gesicht. Nie schien mir eine Gestalt vertraut. Ja, nicht einmal an die Farbe eines auffälligen Mantels, oder an die Form einer Tasche konnte ich mich erinnern. Jeden Morgen kreuzten völlig fremde Menschen meinen Weg. Ich fragte mich verzweifelt, warum es jeden Tag andere waren. Warum erkannte ich niemanden? Warum erkannte mich niemand? Ich verstand es nicht. Nach einiger Zeit gab ich es auf, für dieses Phänomen eine Erklärung zu suchen. Es war eben so. Ich betrat den Park und schaute nur gerade aus, suchte mein Ziel, das Gebäude der Versicherung, mit den Augen und sobald ich die Eingangstür sah, war ich erleichtert.

Zu dieser frühen Zeit gab es noch keine Besucher im Park, er wurde nur als angenehme Abkürzung benutzt. Ich sah nie spielende Kinder, keine Mütter, die auf den Bänken saßen, auch keine Alten, die sich von der Sonne wärmen ließen. Zu dieser Stunde war der Park nur ein Durchgangsort für Berufstätige und Geschäftsleute. Umso mehr wunderte ich mich, als ich eines Morgens von weitem am Ende der schmalen Seite des Parks eine Gestalt auf einer Bank sitzen sah. Ich vergaß vor Überraschung, mich auf das Gebäude der Versicherung zu konzentrieren, und starrte auf die Person, die in kerzengerader Haltung in der Mitte der Parkbank Platz genommen hatte, sich nicht bewegte und die Ankommenden und Vorbeieilenden betrachtete. Es schien ein junger Mann zu sein, Mitte dreißig schätzte ich, sein helles Haar flatterte im Wind. Mir wurde plötzlich bewusst, dass es ein Sommerwind war. Alles um mich strahlte in unterschiedlichsten Grüntönen. Der blaue Himmel war von grauen Wolken durchsetzt und es wehte ein kräftiger Wind. Beim Näherkommen spürte ich plötzlich, wie sein Blick sich auf mich richtete. Erschrocken wendete ich meine Augen von ihm ab und suchte das vertraute Gebäude. Eine seltsame Hitze bemächtigte sich meines Körpers, mein Atem beschleunigte sich. Kaum in der Eingangshalle der Versicherung angekommen, rannte ich in den Waschraum, um mir die heißen Wangen zu kühlen. Der Tag verging bedeutungslos.

Ich hatte die Gestalt auf der Parkbank am nächsten Morgen schon vergessen. Aber plötzlich spürte ich seinen Blick, noch bevor ich ihn sah. Ich versuchte in eine andere Richtung zu schauen. Es gelang mir nicht. Mit aller Kraft wendete ich mich von ihm ab und ging weiter. Wieder spürte ich die plötzliche Hitze und den schnellen Atem. Nach der dritten Begegnung beschloss ich, die Versicherung auf einem anderen Weg zu erreichen. Aber am nächsten Morgen fand ich mich wieder am Ausgang der S-Bahn. In den darauf folgenden Tagen begegnete ich ihm jeden Morgen. Zunächst war der Abstand zwischen ihm und mir, wenn ich an der Parkbank vorbei ging, einige Meter. Aber der Abstand verringerte sich täglich ein wenig. In dem Moment, in dem ich den Park betrat, warf ich einen kurzen Blick in seine Richtung. Ich sah nur einen schwarzen Fleck, er trug schwarz, sein Blick war noch nicht zu mir durchgedrungen und so konnte ich ihn aus der Ferne einen Moment betrachten, seine aufrechte Gestalt, die langen Hände, die auf seinen Knien lagen. Von seinem Gesicht sah ich eigentlich nur einen verschwommenen Fleck, trotzdem erkannte ich die schmale Nase, die hohe Stirne, die langen blonden Haare, den starren Blick, der mich suchte und fest hielt, sobald er mich fand.

Ich lief einige Meter und wandte dann den Kopf zur Seite, um der gewaltigen Anziehung seiner Augen zu entgehen. Jeden Tag wurde mir bewusst, der Abstand zwischen mir und der Bank wurde geringer. Aber ebenso sehr wie ich mich gegen ihn wehrte, wie ich ihn floh, ebenso sehr gab ich mich dieser gnadenlosen Anziehung hin. Ich genoss meine Furcht, meine Fluchtversuche, meinen Widerstand und die allmähliche Annäherung. Ich lebte für diese wenigen Minuten am Morgen, diese Schritte durch den Park. Ich wachte aufgeregt auf, voller – nein nicht Vorfreude, ich würde sagen – Vorspannung. Ich zitterte dieser Begegnung entgegen und brauchte den ganzen Tag, um mich von ihr zu erholen. Ich verlor mich nicht, starrte nicht aus dem Fenster, nein, meine Arbeit erledigte ich in diesen Tagen mit ungewöhnlichem Elan, die innere Unruhe machte mich aktiv und lebendig. Je näher ich auf meinem morgendlichen Gang an die Bank rückte, auf der er saß, mich anstarrte, mich anzog, um so banger fragte ich mich, was passieren würde, wenn ich die Bank – wenn ich ihn – erreicht hätte. Mein Widerstand wurde bockiger. Ich wollte wenigstens einen geringen Abstand zu ihm wahren, aber es gelang mir nicht. Unerbittlich zog er mich in seine Nähe.

Als ich so nah an ihm vorbei ging, dass er mich hätte berühren können, streckte er die Hand nach mir aus, lud mich ein, mich zu setzen. Sobald ich auf der Bank Platz genommen hatte, stand er auf, nickte mir kurz zu, flüsterte ein „Endlich", ging ein paar steife Schritte und mischte sich dann unter die vorwärts eilenden Menschen.

Ich starrte ihm nach. Ich schaffte es nicht, aufzustehen und hinter ihm her zu rennen. Ich klebte fest auf dieser Bank. Er war rasch in der Menge untergetaucht.

Ich betrachtete die Leute, die, ohne ihren Blick zu erheben, auf mich zu und dann an mir vorbei liefen. Ich suchte mir einen aus, einen jungen Mann in beiger Hose und hellbrauner Jacke, sein Haar leuchtete in sanftem Rot, sein Gesicht war blass. Ich verfolgte ihn so zum Zeitvertreib mit meinen Augen. Ich wünschte mir, dass er mir einen scheuen Blick zuwerfen würde. Es gelang mir nicht, ihn auf mich aufmerksam zu machen, er zog an mir vorbei. Ich wurde ganz klein, saß da in mich versunken und wusste nicht weiter. Als ich meine Augen wieder erhob, hatte sich der Menschenstrom etwas gelichtet, ich wurde bereits im Büro erwartet.

Seitdem sitze ich jeden Morgen hier auf dieser Bank und sehne den Moment herbei, wenn die S-Bahn-Station den ersten Schub Menschen ausspuckt. Ich betrachte die eiligen, auf mich zukommenden Gestalten. Ich suche mir eine aus, meist einen Mann, aber durchaus nicht immer, verfolge ihn oder sie mit meinen glänzenden, scharfen Augen und warte auf den Moment, bis er oder sie mir, wenn auch nur kurz, in die Augen blickt. Gelingt es nicht, wechsle ich zur nächsten Person. Fünf Minuten vor halb neuen stehe ich mühsam auf und eile zu meiner Arbeit. Aber, ich bin geduldig, denn eines Tages wird es mir gelingen. Dann werde ich die Macht haben, einen von diesen vorbeieilenden Menschen zu fesseln und ihn ganz allmählich zu mir heran zu ziehen, sehr nah, so nah zur Bank, bis ich ihn berühren kann, ihn einladen kann, sich zu mir zu setzen. Dann werde ich aufstehen und weggehen können.

# Der Schwarzfahrer

„Herr Brandt, Besuch für Sie. Punkt drei. Ich hole Sie ab."
Kurz vor drei bringt man Karl aus seiner Zelle durch den
Flur, eine Treppe runter, raus aus dem Haus, zwei Häuser
weiter in die Besucherabteilung.

„Wer besucht mich denn? Die Polizei?" „Nein, die käme
direkt zu Ihnen." „Aber wer denn?" „Ich weiß es doch auch
nicht."

Karl sitzt in einem kahlen Raum auf einem Stuhl, vor ihm
steht ein Tisch, auf den er seine Hände legt und wartet. Die
Tür geht auf. Herein kommt ein alter Mann, etwas wacklig
auf den Beinen, stützt sich auf seinen Stock, stolpert, fällt
schwer auf dem Stuhl nieder. Karl springt auf.

„Opa, was machst du denn hier?" Der Mann atmet schwer,
beruhigt sich. „Rate mal, dich besuchen." Karl nimmt beide
Hände des Alten in seine und schüttelt den Kopf. Die Tür
geht auf. „Nicht anfassen", sagt der Türsteher. Karl lässt
enttäuscht den Opa los und setzt sich wieder.

„Ich dachte, du bist noch im Krankenhaus. Ich hab extra
gesagt, man soll dir nichts sagen." „Meine Güte Karl, was
machst du denn im Knast. Haste was verbrochen?"

„Nein Opa. Ich hab nichts verbrochen?" „Von nichts kommt man nicht in den Knast. Also sag schon, was hast du angestellt?" „Angestellt hab ich gar nichts. Ich bin nur schwarz mit der Bahn gefahren." „Was bist du?" „Schwarzgefahren." „Wegen Schwarzfahren kommt man nicht in den Knast. Davon hätte ich doch schon gehört. Haben sie dich rausgeschmissen, da in dem Heim wo du wohnst." „Nein, das ist auch kein richtiges Heim Opa. Ich hab da ein Zimmer und ich arbeite dort gleich in der Nähe." „Also, was hast du angestellt?"

„Also Opa, das ist so: In diesem Scheiß-Kaff ist doch nichts los. Ich schaff die ganze Woche und am Samstag und Sonntag ist es mir immer so langweilig. Nichts los in dem Kaff." „Ja und?" „Also bin ich immer mit der Bahn in die Stadt gefahren – schwarz." „Und?" „Ja, dann bin ich erwischt worden, vielleicht zehn oder vielleicht sogar zwanzig Mal und weil ich kein Geld hab, konnte ich das auch nicht bezahlen." „Du hast doch Taschengeld?" „Für einmal Schwarzfahren wollen die sechzig Euro." „Und?" „Ich muss eintausenddreihundertzwanzig Euro absitzen."

„Ach du grüne Neune. Was machst du da in der Stadt." „Da ist halt viel los. Gibt immer was zu schauen." „Was zu schauen?" „Da gibt's mal so Stände auf der Straße mit lustigen Sachen." „Was für Sachen?" „Ja, da riecht es so gut nach Essen und es gibt alles Mögliche zum Gucken. Spiele, Geräte und so Sachen eben." „Und, isst du was von den gutriechenden Sachen?" „Ja, schon mal einen Hamburger." „Und was gibt's noch in der Stadt?" „Da auf dem Platz, da sind oft Musiker. Die spielen die ganze Zeit." „Und was machst du dabei?" „Ich hocke mich hin und lausche." „Den ganzen Tag?" „Na, dann geh ich so rum und schau mir die Leute und die Geschäfte an." „Was für Leute?" „Na die, die da rumlaufen, die Frauen sind so hübsch." „Aha." Sie schweigen beide. Opa schaut den Karl lange an. Dann fragt er: „Also wann kommst du jetzt wieder raus?" „Ich glaub in einem Monat." „Dann fährst du aber nimmer schwarz." „Doch freilich, wie soll ich denn sonst in die Stadt kommen?" „Du hast doch Taschengeld." „Damit kann ich nur einmal im Monat fahren und dann hab ich fast nichts mehr." „Ja, aber dann geht's doch wieder in den Knast?" „Aber erst nach ein paar Monaten. Das halt ich schon aus." „Das dulde ich nicht, dass das so weiter geht. Du kannst doch nicht alle paar Monate in den Knast gehen."

„Opa, was bleibt mir übrig. Ich möchte doch auch meinen Spaß haben, zumindest am Wochenende." „Da müssen wir uns was einfallen lassen. Ich versteh das auch nicht. Da zahlt der Staat doch drauf. Erst zahlst du deine Fahrscheine nicht und dann müssen sie dich im Knast ernähren." „Das ist ihm doch wurscht." „Wem?" „Na dem Staat." „Vielleicht weiß er es gar nicht." „Aber er locht mich doch ein." „Wer?" „Na der Staat." „Haste auch wieder Recht." Sie sitzen nebeneinander und schweigen. Opa denkt über das Schwarzfahren nach und Karl macht sich Sorgen um den Opa, der eigentlich noch im Krankenhaus sein sollte.

„Opa, bist du wieder auf den Beinen. Haben sie dich entlassen aus dem Krankenhaus?" „Ich bin freiwillig raus.

Ich hab das nicht mehr ausgehalten." „Aber Opa, das geht doch nicht. Du musst wieder rein." „Es geht gut. Jetzt kommt ein Pfleger dreimal die Woche und Essen kommt ins Haus." „Pass auf dich auf Opa. Du bist der Einzige, der sich um mich kümmert." „Geht schon. Nur das mit dem Knast, das muss geändert werden." „Aber laufen tust du doch noch sehr wacklig." „Geht schon, sag ich doch. Es wird auch immer besser." „Willst dir nicht so ein Ding mit Rädern zum Laufen anschaffen?" „Kommt nicht in Frage, dann kann ich mich gleich ins Grab legen." „Das stimmt doch nicht. Du bist stur. Das würde dir doch helfen." „Na, da haben wir was gemeinsam", sagt der Opa und lacht: „Du fährst schwarz und ich mag keinen Rollator." Karl schüttelt den Kopf. Opa war immer schon stur. „Das sind doch zwei ganz verschiedene Sachen. Mit dem Rollator kannst du doch raus kommen aus deinem Loch. Du musst doch auch an die frische Luft." „Jetzt kümmere dich erst mal um deine Sachen. Wenn du wieder draußen bist, reden wir noch mal über alles." „Opa, ich mach mir Sorgen um dich, denk doch noch mal darüber nach." „Geht schon sag ich dir. Mach dir keine Sorgen."

Sie sitzen sich am Tisch gegenüber und schauen sich an, dann lächeln sie beide. Nach einer Weile wird Karl nervös, er schaut zur Tür und sieht den Wächter winken. „Opa der rührt sich da draußen. Wir müssen Schluss machen. Wie kommst du wieder heim?" „Mein Nachbar der Göttinger, der wartet draußen auf mich, der fährt mich nach Hause." Der Opa versucht mühsam aufzustehen. Karl will ihm helfen. Da kommt der Aufpasser rein. „Nicht anfassen, hab ich gesagt."

„Ja, wie soll er denn hochkommen? Ist doch mein Opa." „Na gut, hilf ihm. Ich bleib hier stehen."

Der Opa wird mühsam hochgezogen. Er geht vorsichtig zwei kleine Schritte. Karl drückt ihm den Stock in die Hand. Karl fragt den Aufpasser: „Kann ich ihn nicht zum Ausgang bringen?" Der Mann denkt lange nach. „Gut", sagt er. „Ausnahmsweise. Wir gehen zusammen vor." Karl nimmt den Opa am Arm und sie gehen langsam, Schritt für Schritt, den Weg entlang zum Ausgang des Gefängnisses. Dort bleiben sie stehen. „Gut Opa, pass auf dich auf." „Und du auf dich, du besonders." „Opa, ich darf vielleicht einmal die Woche telefonieren. Ich ruf dich an." „Mach das Junge, mach das. Und sag mir, wann du da wieder rauskommst." „Mach ich Opa. Alles Gute." „Ja, Servus Karl."

# Der dünne Mann

Er atmete scharf ein, als er sie sah. Sie war soeben in die U-Bahn gestiegen. Er spürte ganz deutlich, wie sie sich nackt an ihn schmiegte, er fühlte in der linken Hand ihre schwere Brust und rechts die Berührung der zarten Haut ihres Rückens, den er behutsam streichelte. Sein Gesicht rötete sich, als er sich seiner Fantasien bewusst wurde. Er senkte den Kopf und verpasste, ihr mit den Augen zu folgen. Er wartete bis die Hitze auf Nacken und Wangen nachließ, stand auf und suchte sie. Sie hatte einen Sitzplatz gefunden. Er stellte sich neben sie, so dass er von oben ihre Locken, ihre feine Nase und ihre schlanken Hände, die locker auf ihrem Schoß ruhten, beobachten konnte. Er atmete ihren Geruch ein und wartete auf eine neue Begegnung mit ihrem nackten Körper.

Dieses, sein Geheimnis, hatte er noch nie jemandem preisgegeben. Die Fähigkeit, die Frauen zu spüren, das feste Fleisch zwischen Daumen und Zeigefinger, wenn er sich vorstellte, wie er ihnen in den Hintern kniff, die weichen Lippen, die er auf seinem Mund fühlte, die harten Brustwarzen auf seiner Haut, wenn auch nur für Sekunden. Es passierte ihm fast mit jeder, die in seine Nähe kam und die er hübsch fand. Aber diese hier, die er heute zum zweiten Mal morgens in der U-Bahn entdeckte, sie raubte ihm den Atem. Er sehnte sich noch einmal nach dem

Augenblick, in dem er ihre nackte Haut gefühlt hatte, aber diese Glücksmomente überkamen ihn, er konnte sie nicht mit seinem Willen erzeugen. Vielleicht, so überlegte er, würde er sie im Laufe des Tages noch einmal wie ein sanftes Echo als Erinnerung spüren. Er betrachtete sie mit verzücktem Lächeln. Als sie nach drei Stationen die U-Bahn verließ, setzte er sich schnell auf ihren Platz. Der herbe Duft ihres Parfüms umfing ihn und er folgte ihr mit sehnsüchtigen Augen, wie sie mit leichten Schritten die Bahn verließ, noch lange nachdem sie längst entschwunden war.

Er fürchtete sich vor dem Moment, morgens den jungen Frauen am Empfang zu begegnen. Obwohl sie ihn freundlich und gleichzeitig ein wenig von oben herab behandelten sowie manchmal über ihn tuschelten und kicherten, war er überzeugt, jede Einzelne von ihnen, die Zartheit ihrer Haut, die Rundungen ihres Bauches und ihrer Brüste, durch seine kurzen Traumsequenzen genau zu kennen. Das machte ihn unsicher, ließ ihn erröten, so als ob sie es errieten, wie nah er ihnen sein konnte. Morgens war es besonders schlimm und er winkte ihnen nur zu, bevor er den Gang hinunterlief und in seinem Büro verschwand.

Es war nicht sein Büro, manchmal vergaß er das. Er hatte noch nicht einmal einen festen Arbeitsplatz. Er war nur stundenweise engagiert, wenige Stunden. Er stellte seine Aktenmappe ab, öffnete sie, die Zigarettenschachtel fiel raus. Mist, vor lauter Aufregung hatte er vergessen, noch schnell auf dem Weg eine zu rauchen. Er zog eine Kippe heraus, verließ das Büro, eilte den Flur entlang, schlich durch die Hintertür und trat auf den Hof. Er zündete die Zigarette an und zog den Rauch tief ein. Das war sein zweites Laster.

Die erste steckte er morgens, bevor er die verklebten Augen richtig öffnete, in den Mund und er erwachte erst, wenn sie fast zu Ende geraucht war. Dann kroch er aus dem Bett und öffnete die Fenster. Eine von den vielen Personen, an die einzelnen konnte er sich kaum erinnern, die er auf den

Ämtern und Institutionen, zu denen man ihn geschickt hatte, begegnet war, hatte ihm dieses Laster ein wenig verleidet, aber wie er zugeben musste, war ihr Rat nicht so schlecht gewesen.

„Sie stinken wie eine ungelüftete Kneipe", hatte sie ihm gesagt, „so bekommen sie nie einen Job." Er hatte sie angelächelt, als ob er sie nicht verstehen würde. Sie war zu alt für seine Fantasien, aber er mochte sie. Sie blieb hartnäckig. „Sie verstehen mich sehr gut", sagte sie, „Sie stinken nach Rauch." Er zuckte mit den Schultern. „Duschen allein hilft nicht", hatte sie ihm geraten, „Sie müssen ihre Klamotten nachts an die Luft hängen und ihre Wohnung täglich lüften." Er hatte nur gebrummt. „Sonst treffen wir uns das nächste Mal im Park", hatte sie hinzugefügt.

Seltsamerweise hatte er ihre Ratschläge beherzigt, lüftete seine Kleidung und rauchte seitdem etwas weniger, aber immer noch zu viel, wie er sich selbst manchmal eingestand. Nach der zweiten Selbstgedrehten ging er wieder rein. „Wo waren Sie denn?" Nanette, die Praktikantin, brachte ihm Kaffee. Trotz der aufregenden Begegnung am Morgen war ihm sekundenlang, als würde er des Mädchens nackten Bauch streicheln. Er errötete. Sie lachte. „Aha, schnell noch eine geraucht. Na denn, bis später." Er setzte sich an den Computer und begann zu arbeiten. Dies war seine dritte Leidenschaft und die, obwohl nur die zweitwichtigste, mit der er am meisten Zeit verbrachte. Mit den Frauen schaffte er es nur für Sekunden. Er wagte nicht einmal, eine ins Kino einzuladen. Er arbeitete weiter bis der Chef kurz vorbeikam.

„Na Joe, wie geht's – gut?" Er errötete wieder, sah ihn mit einem schiefen Lächeln an, arbeitete weiter, verhaspelte sich. „Zeigen Sie mir bevor Sie gehen mal wie weit sie gekommen sind." Joe nickte. Der Chef verschwand.

Der Chef hatte ihm aus Mitleid diesen Job gegeben, aber auch weil er bewundert hatte, wie dieser schüchterne Mensch mit dem Mut eines Toreros eines Tages an seine Tür klopfte, weiß der Himmel, wie er an den Sekretärinnen vorbeigekommen war, und ihm erzählte, seine Firma bräuchte unbedingt einen besseren Internetauftritt, und er, Joe, würde diesen gestalten. Seitdem arbeitete er stundenweise im Zimmer einer Teilzeitsekretärin, am Computer. Die Wahrheit war, dass er auch zu Hause abends noch stundenlang am Bildschirm saß und neben anderen schlecht oder gar nicht bezahlten kleinen Aufträgen an seinem Hauptauftrag herum hackte. Der Chef hatte versucht, wie schon einige andere vor ihm, Joe für die Arbeitswelt zu „zivilisieren", wie er das nannte, aber bis jetzt ohne Erfolg. Er lächelte sanft und errötete, aber ließ sich nicht ändern. Er redete wenig und wenn, dann mit gesenktem Kopf und oft die Hand vor den Mund haltend. Dann stieß er rasend schnell kleine Wörter aus, die niemand verstand. Auf häufigeres Nachfragen war höchstens zu erraten, was er gesagt haben mochte. Joe selbst hörte gut, aber es fehlte ihm an Aufmerksamkeit, er war meist so in Gedanken versunken, dass er manchmal gar nichts von dem verstand, was ihm gesagt wurde. Die üblichen Gepflogenheiten des Arbeitslebens ignorierte er einfach. Er kam häufig zu spät, entschuldigte sich nicht, rief auch nicht an, wenn er, was allerdings selten passierte, überhaupt nicht kam. Er zeigte seinem Chef seine Entwürfe, nahm geduldig dessen Änderungswünsche an, aber da er seinen Entwurf besser fand, änderte er nichts. Der Chef musste ihm mit Rausschmiss drohen, bis er murrend und äußerst zögerlich seine Vorschläge berücksichtigte.

Mittags ging Joe in die Kantine. Die beiden Tage an denen er hier arbeitete waren die einzigen, in denen er eine ausreichende Mahlzeit zu sich nahm. Mit seiner Ernährung beschäftigte er sich kaum. Zu Hause gab es Kaffee mit Milch und Zucker, manchmal kaufte er ein Brot. Meistens aß er nur, wenn ihm irgendjemand etwas vorsetzte. Er war groß, dünn und blass. Hose und Hemd schienen ihm nicht zu gehören. Sie hingen an seinem Körper, als hätte man sie achtlos über ihn geworfen. Vielleicht weil er ein wenig verhungert und ein wenig verwildert aussah und so einen gewissen schamhaften Charme ausstrahlte, waren ihm die meisten Menschen wohlgesonnen.

Obwohl er durchaus seine Rechte kannte und sie auch durchsetzte, wenn auch mit Zittern und hochrotem Kopf, bemühten sich die Leute auf den Ämtern sehr um ihn. Sie hatten ihn auf Fortbildungen geschickt. Das hatte er auch seiner Sturheit zu verdanken. Und natürlich wollten sie einen jungen Mann Mitte dreißig auch loswerden. Sein Traumziel war eine Anstellung als Web-Designer, nicht mehr und nicht weniger. Er war überzeugt, ein hervorragender Spezialist zu sein. Aber auch nach einigen hundert Bewerbungen hatte sich nichts in Richtung Arbeit bewegt. Es gab einfach viele, viel zu viele, mit derselben Ausbildung, von der die meisten nicht viel hielten. Joe war tatsächlich ein guter Techniker und künstlerisch begabt, aber es fehlte ihm das Gefühl für Trends, wie es einer, der ihm abgesagt hatte, klar ausdrückte. Joe, der seine Gestaltungen schön fand, wollte diese Kritik nicht hören. Sein Ziel würde er bis in alle Ewigkeit verfolgen und er würde es erreichen.

„Wenn du nach dreihundert Bewerbungen nichts bekommen hast, dann stimmt was nicht", sagte ein guter Freund. „Hör doch mal auf die Leute. Ich finde deine Sturheit super, aber dass der Glaube immer Berge versetzt, daran zweifle ich." Aber Joe wusste es besser, dann würde er eben dreitausend Bewerbungen verschicken.

Er betrat die Kantine und suchte einen leeren Tisch. Er fand nicht den Mut, sich an den Tisch mit den jungen Frauen zu setzen. Und wenn sie ihn auffordern würden, dann würde ein tiefes, schamhaftes Rot Hals und Gesicht überziehen. Die Hände würden feucht und er müsste eine Ausrede erfinden. Sie winkten ihm freundlich zu, er schielte kurz hinüber, aber dann senkte er die Augen und konzentrierte sich auf die Suppe. Nach dem Essen und einigen hastig gerauchten Zigaretten auf dem Hof ging er wieder in sein Zimmer zurück. Er arbeitete weiter, nicht sonderlich bei der Sache, weil ihm die Zigarette fehlte. Er würde diese Sache sowieso zu Hause überarbeiten. Er wartete nervös auf den Chef.

Die Unterredung war kurz und freundlich. Der Chef wünschte einige kleine Veränderungen. Joe brummte innerlich, aber er dachte an die letzte Drohung, also würde er sich fügen.

Er verließ den Betrieb gegen siebzehn Uhr und traf sich mit zwei Freunden in einer Kneipe, die noch mehr eingenebelt war als sein Zimmer nach einigen Stunden Arbeit. Die Freunde, selbstverständlich auch Computerfreaks, verstanden ihn. Sie kannten ihn so gut, dass sie wussten, was er sagen wollte. Sie sprachen über ihre vielen gemeinsamen Fantasieprojekte. Sie diskutierten nicht mit Joe, wenn sie nicht einig waren. Der ältere der Freunde, der Initiator, sagte einfach, also du machst das jetzt so und basta. Joe nickte nur. Morgen würde sich der Freund nicht mehr so genau erinnern, was er ihm aufgetragen hatte. Er, Joe, würde sich schon durchsetzen. Der ältere zahlte und gab Joe noch einen halben Kuchen mit, den seine Frau in eine Plastiktüte gewickelt hatte. „Hier für dich", sagte er, „und iss ihn auch, sonst fällst du noch mal in die Toilette und wirst runtergespült." Sie lachten alle über den Witz, den sie schon hundertmal gehört hatten und trennten sich. Zu Hause machte er sich einen Kaffee, aß ein Stück Kuchen, zündete sich eine Kippe an und schaltete den Computer ein. Er arbeitete bis spät in die Nacht hinein. Dazwischen kochte er sich neuen Kaffee, aß noch ein Stück Kuchen, ging im Zimmer auf und ab, strich sich das wirre Haar aus der Stirn, dachte nach, bis er eine Lösung gefunden hatte, dann setzte er sich wieder und hackte in die Tasten. Lange nach Mitternacht schaltete er das Gerät ab, zog sich aus, öffnete das Fenster, hängte die Klamotten davor und legte sich schlafen. Er dachte noch mal an die gutaussehende Brünette in der U-Bahn, richtete sich im Bett auf, knipste das Licht an und stellte den Wecker. Obwohl er morgen nicht arbeiten würde, wollte er aufstehen, um sie zu sehen. Gegen Morgen weckte ihn kurz der Straßenlärm. Er spürte, wie die Brünette zu ihm ins Bett kroch und sich an ihn schmiegte. Als er wieder erwachte, war es neun. Er hatte sie verpasst.

## Auf dem Schiff

Das Leben ändert sich gründlich, ist man plötzlich auf einen Rollstuhl angewiesen, zudem, wenn man die achtzig schon überschritten hat und einen zusätzlich unzählige Zipperleins plagen. Ich versuche das Beste daraus zu machen, immerhin fährt das Ding mit einem kleinen Elektromotor. Ich brauche mich also nicht anzustrengen und komme überall hin und ich schaffe es damit direkt ins Haus, in den Fahrstuhl und in meine Wohnung. Trotzdem, vieles geht nicht mehr und die wenigen Freunde, die noch übriggeblieben sind, treff ich immer seltener, keiner ist mehr gut zu Fuß. Also fahre ich durch die Gegend und schau mir die Leute an, beobachte sie und denke mir aus, was für ein Leben sie führen. Manchmal rolle ich sogar hinter einem her, will wissen, wo er oder sie wohnt, denke dann „aha hier lebt er", dann komme ich ins fantasieren: Ein kräftiger Mann, ist verheiratet, hat Kinder, arbeitet vielleicht im Freien,

Maurer oder was Ähnliches. Oder eine Witwe, arbeitet wahrscheinlich im Supermarkt. Und siehe, da kommt ihr Sohn, so wie der rumläuft, der macht ihr sicher Sorgen. Ja, so vergeht meine Zeit.

Im Sommer lebe ich immer zwei Monate auf der Fraueninsel, ein wunderbarer Ort, ein Stückchen Paradies. Egal wohin das Auge blickt, es entdeckt ein gemaltes Bild, den See blassblau, darüber der Himmel und die Wolken, ein wenig dunkler am Rande die Alpen. Dann die blumenreichen Gärten, leuchtend in Farben, wie ich sie nie zuvor gesehen habe, die hohen schattenspendenden Bäume. Ein Ort zum Träumen.

Ein entfernter Vetter hat ein Haus auf der Insel erworben und sich im Alter dorthin mit seiner Frau zurückgezogen. Er ist eben mal achtundsechzig und er begibt sich mit seiner Frau jedes Jahr für zwei, drei Monate auf Reisen. Er will die ganze Welt kennenlernen, sagt er.

Und ich lebe dann für einige Wochen mitten auf der Insel recht komfortabel. Der Gärtner schaut ab und zu nach mir. Zweimal täglich geh ich zum Essen ins Frauenkloster und einmal wöchentlich fahr ich mit dem Schiff nach Priem, einem kleinen Ort am Rande des Chiemsees, zur Kontrolle zum Doktor. Danach kurve ich durchs Städtchen und schau mich um. Dann zurück mit dem Schiff.

Also, einen kleinen Fehler hat die Insel, den Touristenschwarm. Ich habe ja gern Leute um mich, aber so viele Menschen, die täglich auf die Insel fahren, und das halbstündlich, dort einige Stunden verweilen und sich dann wieder zurück bringen lassen, das glaubt mir keiner. Sie kommen mit den Kindern, mit Opa, Oma, Hund und Katze. Mit dem Kinderwagen, dem Fahrrad, dem Roller. Erfreulicherweise ist auf der Insel Autoverbot, sonst kämen die auch noch mit. Es sind mehrere hundert Menschen bei jeder Ankunft eines Schiffes, die aussteigen und ebenso viele, die einsteigen und die Insel wieder verlassen.

Also neulich nahm ich das letzte Schiff von Priem, dann sind es weniger Fahrgäste, sozusagen nur noch die, die auf der Insel wohnen. An Deck, die Schiffer haben mich freundlicherweise hochgehievt, der Rollstuhl blieb unten, saß ich da und bestellte ein Bier und einen Leberkäse. Das Abendessen im Kloster hatte ich verpasst. Wie gesagt, es gab nur wenige Menschen um mich herum, und wenn ich geradeaus schaute, sah ich mir gegenüber am anderen Ende ein Paar, Mann und Frau, muss man heute dazu sagen.

Zunächst sind sie mir nicht besonders aufgefallen, aber dann wurde ich aufmerksam. Ich bin nicht gut im einschätzen des Alters, aber die beiden schienen mir die vierzig schon überschritten zu haben. Er mit Sonnenbrille, saß aufrecht und hörte ihr aufmerksam zu. Sie schien ihm etwas zu erzählen. Wie er so dasaß, mit erhobenem Kopf, kritisch lauschend, kam er mir schon ziemlich arrogant vor. Sie redete.

Ich beschäftigte mich mit dem Leberkäse und dem Bier und als ich wieder nach vorne blickte, saß er immer noch aufrecht mit Sonnenbrille, sie daneben, schweigend. Plötzlich nahm er die Sonnenbrille ab und legte seinen Arm um sie herum auf den hinteren Tisch. Er erschrak, zog den Arm zurück, verzog schmerzhaft das Gesicht. Offensichtlich hatte ihn eine Wespe gestochen. Ich weiß aus Erfahrung, das tut scheußlich weh. Sie schob seinen Hemdsärmel zurück und begann an der Stelle des Stichs zu saugen, soweit ich das von mir aus beobachten konnte. Er litt, sie saugte, holte zwischendurch Luft und saugte. Nach einer Weile schien es ihm besser zu gehen. Er rückte näher, jetzt legte sie den Arm um ihn, sie betrachteten beide etwas auf ihrem Miniflachbildschirm, wie ich die Dinger nenne, sie lachten. Ich widmete mich wieder meinem Abendessen. Als ich den leeren Teller beiseiteschob, sah ich, die beiden hatten angefangen miteinander zu schmusen, aber wie. Ich verschränkte meine Arme, lehnte mich zurück, besah mir das Ganze eine Weile und begann nachzudenken.

Das Schiff braucht knapp eine halbe Stunde von Priem zur Fraueninsel, dort haben sie noch einen Weg von höchstens zehn Minuten. Wo immer sie auch wohnen, sie müssen dort über Nacht bleiben, denn es gibt kein Schiff zurück. Also wozu diese aufregenden Küsse vor aller Welt. Ergo, verheiratet sind sie nicht. Eine neue Beziehung? Da fährt man doch nicht sofort in Urlaub? Oder doch eine Ferienbekanntschaft? Oder eine wiedergefundene Liebe? Schließlich fand ich die Lösung: Sie waren beide anderweitig verheiratet und trafen sich einmal im Jahr auf der Fraueninsel – die große geheime Liebe. Aber warum dort? Ich stellte mir vor, sie gaben beide irgendein Seminar, das im Kloster angeboten wurde, er Qi Gong und sie Volkstänze, das schien zu passen. Zufrieden lehnte ich mich zurück.

Das Schiff legte an, man holte mich vom Deck herunter und ich fuhr in meinem Rollstuhl zu meines Vetters Haus. Merkwürdig, das Pärchen und ihre von mir fantasierte Geschichte verschwanden nicht aus meinem Kopf, so als hätte ich es schon einmal erlebt, aber es wollte mir nicht einfallen wo und wie.

Als die Dämmerung sich allmählich in Dunkelheit verwandelte und sich ein halber Mond am Himmel zeigte, verließ ich das Haus für eine Spazierfahrt entlang des Sees. Nach der zweiten Runde fiel es mir ein. Vor vielen Jahren hatte ich einen Film mit einer ähnlichen Geschichte gesehen. Sie spielte auch in der Nähe des Wassers, am Meer, wenn ich mich recht erinnere. Sehr dramatisch. Na gut, warum soll sich nicht einmal etwas im Leben abspielen, was man im Film erlebt hat. Meist ist es ja umgekehrt.

Im Laufe der Woche begegnete ich gelegentlich dem Paar, wie sie mir Hand in Hand entgegen schlenderten. Zehn Tage später traf ich sie wieder. Das erstaunte mich, meine ausgedachte Geschichte widersprach der Wirklichkeit, als Seminarleiter müssten sie schon wieder weg sein. Gut, ich kann mich auch mal irren.

Aber ich sah sie noch einmal, als ich mich wieder auf dem Weg zum Doktor befand. Das Schiff war rappelvoll. Sie saßen mir gegenüber, eingequetscht wie ich, ein grauer Himmel über uns, ein heftiger Wind rauschte über das Schiff hinweg.

Er sah mich an, wieder mit Sonnenbrille, obwohl die Sonne sich gut hinter dichten Wolken versteckt hatte. „Habe ich Sie schon einmal gesehen? War es nicht auf der Hinfahrt?", fragte er mich. Ich nickte. „Sie haben uns beobachtet? Nicht wahr?" Diese direkte Frage machte mich verlegen. Ich nickte wieder. Er lächelte. „ Und? Was haben Sie über uns gedacht?"

Was sollte ich nun sagen, also begann ich stotternd zu erzählen, wie ich ihr Verhalten eingeschätzt hatte. Beide hörten mir aufmerksam zu. Sie schüttelten die Köpfe und lachten vor Vergnügen über das, was ich ihnen angedichtet hatte.

„Und was ist nun die Wahrheit?", fragte ich. Sie mit einem Lächeln: „Soll ich?" Er: „Nur zu." „Sehen Sie, wir sind seit zwanzig Jahren verheiratet. Vor zwei Jahren haben wir uns getrennt und die Scheidung immer wieder hinausgeschoben. Einer war nicht im Land, der andere hatte gerade unglaublich viel zu tun und ähnliches mehr. Wir haben nie persönlich, nur per Mail miteinander verhandelt.

Ja und dann haben wir uns zufällig an der Isar getroffen, sahen uns an und wussten sofort beide, wir würden zusammenbleiben. Das nun war unsere zweite kleine Hochzeitsreise." Sie strahlten, ich übrigens auch. Solche Geschichten mag ich.

## Ein heißer Tag

Die Bettdecke lag verknittert am Fußende des Bettes, das Laken war verknäult, das Kissen auf den Boden geworfen. Die unerträgliche Hitze war bereits in die schattigsten Ecken der Wohnung gekrochen. Die Nacht war endlos, irgendwann hatte sie doch der Schlaf übermannt, aber Punkt sieben Uhr, wie jeden Morgen, war sie hochgeschreckt, hatte auf den Wecker gestarrt und sich dann mit einem Seufzer zurück gelegt und war wieder in einen unruhigen Schlaf gesunken. Am späten Vormittag ist sie schließlich aufgestanden. Die Hitze stand unbeweglich.

Sobald der letzte Tropfen der kühlen Dusche an der Haut verdampft war, umfing sie diese schwere Schwüle. Sie träumte halbwach, die Hitze würde nie aufhören. Sie würde jeden Tag von morgens bis abends immer nur diesen gleißend blauen Himmel sehen und die gelbe Sonne auf ihrer Wanderung beobachten. Ihre scharfen Strahlen spüren und verfolgen, wie sie Wiesen, Blätter und Bäume verbrennt. Sie würde es nicht mehr erleben, wie ein frischer Wind durch die Äste streift und die Blätter vor sich her treibt. Sie würde nie mehr einen grauen Himmel sehen oder das gleichmäßige Rauschen des Regens hören, in keine Pfützen mehr treten. Sie würde nie mehr frieren, keine Schneeflocken mit dem Mund auffangen, keinen zugefrorenen Weiher sehen.

Sie tappte in die Küche, kochte Kaffee. Sie trug nur ein dünnes Unterhemd, das gerade über den Hintern reichte, als sie sich mit der gefüllten Tasse ins Wohnzimmer setzte.

Es war Ende Juli. Sie hatte für den Abend eine Verabredung. Sie würde diesen Tag genau wie die vorherigen vertrödeln. Sie öffnete kurz die Balkontür, aber die Glut, die von draußen hereinströmte, war noch mörderischer als die Hitze im Inneren.

Sie holte ein Glas Wasser aus der Küche und setzte sich vor ihren Schreibtisch. Am Anfang ihres unfreiwilligen Urlaubs hatte sie sich eine Arbeitsecke eingerichtet. Die Papierberge rechts und links wuchsen seit Wochen. Sie hatte Dringendes zu erledigen, Unaufschiebbares,

Rechnungen mit der Bitte um Ratenzahlung und Briefe schreiben, auch Bettelbriefe und vor allem Bewerbungen. Es war ihr zuwider ihr Leben auszubreiten und sich anzubieten. Anfangs schrieb sie diese Briefe ganz flott in den Computer. Nach den ersten Absagen sah sie beim Schreiben bereits die Antwort in ihrem Briefkasten, den gefalteten Umschlag, den sie beifügte, damit die Mappe mit den gesammelten Zeugnissen wenigstens zurück kam, mit dem Aufkleber ihrer Adresse. Oft waren die Umschläge in der Mitte gefaltet, manchmal zerrissen und drinnen befand sich ein lapidares Schreiben. Leider haben wir leider, leider, leider... jede einzelne Absage kränkte sie und schürte gleichzeitig ihre Wut. Zwei dieser braunen Umschläge, die sie vor Zorn ins Zimmer geworfen hatte, lagen noch ungeöffnet auf der Erde.

Ein kleiner Auftrag, der sie für einen Monat in Euphorie versetzt hatte, der sie aus ihrer Lethargie befreite, war vor fünf Wochen beendet worden. Seitdem verliefen die Tage wieder gleichförmig, trostlos, hoffnungslos. Jeden Morgen quälte sie sich spät aus dem Bett, duschte, trank Kaffee, aß ein Brot, hörte mit abwesendem Blick die Nachrichten und setzte sich schließlich an ihren Schreibtisch. Jeder Anlauf, ihre Papiere zu ordnen, mit der Arbeit zu beginnen, endete damit, dass sie auf dem Weg dahin hängenblieb, einen Brief zum hundertsten Mal las oder etwas suchte, was sie gar nicht brauchte. Dazwischen trank sie große Tassen schwarzen Kaffee. Am späten Nachmittag zwang sie sich ein Ei und eine Scheibe Brot zu essen.

Die Auswahl der passenden Unterwäsche, der Kleidung, der Schuhe, der Tasche für das Treffen am Abend dauerte Stunden. Der Seegang in ihrem Kopf, der sie seit Wochen quälte, der sich gelegentlich sehr stürmisch gebärdete, war in sanftes Plätschern übergegangen. Nebeneinander bewegten sich in ihrem Kopf verschiedene Gedankenstränge. Ein Tagtraum, der von entspannten lebenslangen Ferien auf einer einsamen Insel handelte. Dazwischen tauchte Thomas auf, jung und ungestüm berührte er ihre Brüste, aber ganz in der Ferne tobte ein bedrohlicher Albtraum, der sie in einem Strudel in die Tiefe zu reißen drohte, und gleichzeitig stellte sie sich halblaut murmelnd ernsthaft die Frage, wie sich wohl die rosafarbene Unterwäsche mit der blauen Bluse verträgt.

Bevor sie die Wohnung verließ, kontrollierte sie dreimal die Räume, den Herd, die Lichtschalter, den Anrufbeantworter. Während dessen überlegte sie, ob sie die Verabredung wirklich wahrnehmen, oder einfach zu Hause bleiben sollte. Thomas war plötzlich nur eine blasse Erinnerung. Schließlich gab sie sich einen Ruck.

Obwohl sie Hose und Bluse erst in letzter Minute angezogen hatte, spürte sie schon nach hundert Metern auf der Straße den Schweiß an jeder Stelle ihres Körpers. Der Riemen der Handtasche drückte sich unangenehm in ihre Schulter. Sie blieb stehen, erwägte zurück zu laufen, ging aber dann doch weiter. Die Straßen waren leer. Niemand würde freiwillig in dieser mörderischen Hitze auf diesen glühenden Asphalt treten. Die Menschen lagen bewegungslos in den

Schwimmbädern, in der eigenen Badewanne oder im verdunkelten Zimmer im Bett. Sie zwang sich langsam zu gehen, in der Hoffnung, der ununterbrochene Schweißfluss würde nachlassen. Sie hatten sich an einem Ort verabredet, den sie bei dieser Hitze unmöglich zu Fuß erreichen konnte. Die Wahl zwischen U-Bahn und Auto war ihr nicht schwer gefallen, sie hatte sich für das Auto entschieden. Es wird eine meiner letzten Fahrten mit meinem geliebten Auto sein, hatte sie gedacht, denn es musste verkauft werden, wie so manch anderes wertvolle Stück, das sie besaß. Ich muss jede Fahrt genießen, sagte sie sich immer wieder und obwohl sie diesen Gedanken albern fand, hielt sie trotzig an ihm fest. Beim Einsteigen glaubte sie zu ersticken. Sie öffnete die Fenster und fuhr los. Mit dem Auto dauerte die Fahrt zehn Minuten plus der Zeit für die Parkplatzsuche. Sie fuhr einige Male um das Lokal herum, in dem sie sich verabredet hatte und landete schließlich in einer weit abgelegenen Nebenstraße. Sie fluchte. Die Fahrt, das Herumirren hatte sie fast vergessen lassen, mit wem und warum sie sich hier verabredet hatte. Sie verlangsamte ihren Schritt, sie wollte entspannt und gelassen ankommen. Verdammt, dachte sie, wie kann man bei dieser Hitze entspannt und gelassen sein. Die Leinenhose war bereits zerknittert und die dünne Bluse klebte an Brust und Rücken. Sie verzichtete auf einen Platz unter den Sonnenschirmen im Vorgarten und flüchtete sich ins Lokal, vorbei an der Theke suchte sie sich am Ende des lang gestreckten Raumes einen Platz. Beim Eintreten hatte sie sich kurz umgeschaut. Natürlich, Thomas würde in jedem Falle später als sie selbst eintreffen. Sie ärgerte sich darüber. Sie selbst war pünktlich, sie würde es nie schaffen, zu spät zu kommen. Sie bestellte eine Weißweinschorle.

Er kam, nachdem sie zwei Zigaretten geraucht und die Schorle fast ausgetrunken hatte. Sie erkannten sich sofort, obwohl sie sich seit fast dreißig Jahren nicht gesehen hatten. Thomas war ergraut, die Falten um die Augen und um den Mund hatten ihn weniger verändert, als die Fülle, die er sich zugelegt hatte. Sie fand ihn auf den ersten Blick übertrieben selbstzufrieden. Bei Männern, dachte sie, sieht Fett oft nach Karriere und Macht aus. Er denkt sicher, so überlegte sie weiter, sie hat sich gut gehalten. Von Frauen erwartet man das. Scheißspiel.

Er begrüßte sie mit einer herzlichen Umarmung, das Linkische aus den Studientagen hatte er abgelegt oder abtrainiert. Er setzte sich ihr gegenüber und blickte ihr in die Augen. In diesem Moment wusste sie, er würde ihr nicht helfen. Er würde sich herauswinden, ihr Mut zusprechen, aber nicht den kleinen Finger rühren. Am Ende werde ich mich beschissen fühlen, dachte sie, aber nein, nicht so negativ denken, gib ihm eine Chance.

„Mein Gott, ist das lange her", begann er, „du siehst gut aus. Schön dich zu sehen. Obwohl ich viel an dich gedacht habe, habe ich dich auch manches Jahr vergessen. Gut, dass du mich angerufen hast. Eigentlich stehe ich unter enormem Zeitdruck, aber für dich habe ich mich natürlich frei geschaufelt."

Er strahlte sie an und redete in einem unaufhörlichen Fluss aus gewandten Formulierungen, schönen, nichtssagenden Worten. Sie lächelte ihn an, hörte zu, warf ein „Ach" oder ein „So" dazwischen. Er sprach von seinem beruflichen Aufstieg, seiner Familie, streute dazwischen Begebenheiten aus ihrer gemeinsamen Vergangenheit ein. Dinge, die gar nicht stattgefunden hatten oder an die sie sich überhaupt nicht erinnern konnte. Er präsentierte sich als Mann mit einem soliden beruflichen Hintergrund und als glücklicher Familienvater, der eine wunderschöne Frau und ein hochbegabtes Kind sein eigen nannte. Das Lächeln floh ihr langsam aus dem Gesicht. Ihre kleinen höflichen Einwürfe blieben aus. Ihr Blick verfinsterte sich. Sie bestellte ein weiteres Glas Wein, er noch ein Bier und redete weiter. Sie wartete, drei Sätze, noch zwei noch einen, dann unterbrach sie ihn.

„Das hört sich gut an", sagte sie, „es klingt, als sei dir alles in den Schoß gefallen. Aber jetzt, bitte, lass mich auch mal zu Wort kommen."

Er schwieg, lehnte sich zurück, schob wie ein Kind die Unterlippe ein wenig vor. „Bitte", sagte er dann verdrießlich. Sie schwieg ebenfalls, schaute ihn an.

„Du hast Recht", meinte er dann, berührte ihren Arm, „ich schwätze ununterbrochen, aber das war die Freude, dich wiederzusehen, ich wollte dir einfach alles auf einmal mitteilen. Entschuldige. Jetzt erzähl du mir von dir."

Die Aufforderung verwirrte sie einen Moment, aber dann erzählte sie. In einigen Punkten ähnelten sich ihre Lebenswege. Sie hatten beide Psychologie studiert und danach jahrelang in der Marktforschung gearbeitet. Er hatte eine Position an der Spitze eines soliden Unternehmens erreicht und sie hatte ebenfalls einen guten Platz errungen. Sie hatte nicht geheiratet. In den ersten Berufsjahren war sie um die Welt gejettet, hatte fast jeden interessanten Platz der Erde kennen gelernt. Dann war ihre Mutter krank geworden. Sie hatte sich einschränken müssen und viele Wochenenden und Ferientage bei der Mutter verbracht. Vor drei Jahren war sie gestorben. Die Zeit mit Krankheit und Tod hatte sie einsam und ängstlich gemacht. Danach hatte sie sich in die Arbeit gestützt und nur allmählich wieder Freude über sich selbst, ihre Erfahrungen und ihr Können empfunden. Vor einem Jahr hatte die Firma Konkurs angemeldet. Nicht wegen mangelnder Aufträge, sondern wegen Unfähigkeit in der Geschäftsführung und weil einer der Besitzer zu viel Geld für sich selbst aus der Kasse genommen hatte.

Das Loch, in das sie gefallen war, war so tief, dass sie lange befürchtet hatte, sie würde nie unten ankommen. Vielleicht bin ich noch nicht tief genug gefallen, vielleicht falle ich immer noch und merke es nicht, dachte sie manchmal. Anfangs hatte sie sich um einen neuen Job bemüht. Aber vergeblich, manche sagten es ihr unverblümt, sie war zu teuer und zu alt. Sie hatte die fünfzig überschritten, Sie hatte eine gute Chance, doppelt so alt zu werden, aber für das Arbeitsleben war sie schon zu alt.

Während sie erzählte, anfangs stolz, dann traurig und verdrossen, hatte er schnell begriffen, was sie von ihm wollte und sich gewappnet. Trotzdem, nach der Frage, kannst du mir helfen, reagierte er spontan und heftig.

„Mein Gott, Irene, wie stellst du dir das vor. Wir müssen auch Personal abbauen und jemanden mit deinen Fähigkeiten und Erfahrungen einzustellen, das macht man heutzutage nicht. Du bist einfach zu teuer und nicht mehr jung genug." Er spürte sofort, dass er übers Ziel hinaus geschossen hatte.

„Diese schon hundertmal gesagten Formulierungen von dir zu hören, das ist geschmacklos", sagte sie, „außerdem, du bist zwei Jahre älter als ich, schon vergessen. Spielt anscheinend keine Rolle, wenn man einen Job hat."

„Ich meinte das nicht so", sagte er und nahm ihre Hand, „ich muss auch kämpfen. Ich werde nachdenken und sehen, ob ich etwas für dich tun kann."

Sie schaute ihn an, aber sie blickte durch ihn hindurch. Sie hatte den Wunsch, aber nicht die Kraft aufzustehen und wegzugehen.

„Vergiss es", sagte sie und entzog ihm ihre Hand, „es war ein Fehler, von dir Hilfe zu erhoffen." Er schaute an ihr vorbei nach dem Kellner und bestellte noch ein Bier. Sie zündete sich eine Zigarette an.

„Du solltest nicht aufgeben, lass dich beraten." „Beraten? Wie denn, was denn? Ein Berater kann mich weder jünger, noch weniger erfahren machen." „So meine ich das nicht. Aber es gibt immer einen Ausweg und genau dafür gibt es gute Berater. Ein Freund von mir macht das." „Ein Freund", sagte sie höhnisch, „willst du, dass ich mein letztes bisschen Geld für deinen Freund ausgebe?" „Jetzt bist du ungerecht." Sie schwieg. Sie tranken, rauchten und schwiegen.

Er versuchte sie zurückzugewinnen. „Hör zu, wir sind da in eine verteufelt unangenehme Situation geraten. Lass uns in Ruhe darüber sprechen." „Ich bin ruhig." „Ich meine ohne Verbitterung." „Ach, du denkst ich bin verbittert?" „Nein, aber die Sache ist verfahren, ich geb zu, ich hab's vermasselt. Und jetzt..."

Das Klingeln seines Handys war eine Erlösung. Er sprang auf, meldete sich, horchte und während er sprach, verließ er mit langen Schritten das Lokal. Sie trank aus, bestellte einen neuen Wein. Sie rauchte, trank, rauchte.

Er kam zurück, setzte sich auf die Kante des Stuhls. „Sorry, aber ich muss weg." Sie nickte. „Wir sollten uns wieder treffen und darüber reden." „Wo du so wenig Zeit hast." „Ich mein es ernst. Schick mir deine Unterlagen, ich will sehen, was ich tun kann." Er beugte sich zu ihr, küsste sie auf die Wange. „Nicht aufgeben." Er ging, bezahlte beim Hinausgehen.

„Arschloch", sagte sie leise, als er den Raum verließ. „Nicht aufgeben, so einen verdammten blöden Rat hab ich noch nie bekommen." Sie schaute hinaus, er hatte sich doch tatsächlich einen Parkplatz auf der Straße vor dem Restaurant genommen, was natürlich verboten war, und siehe da, er fuhr einen nagelneuen BMW.

„Arschloch", sagte sie noch einmal und dann schwappte eine große Welle Selbstmitleid über sie hinweg. Sie nahm ihr Glas, stand auf, bewegte sich langsam zur Tür. Dem erstaunten Kellner rief sie zu: „Ich lasse mich draußen nieder, vielleicht hat es ein wenig abgekühlt."

Draußen war es bereits dunkel. Sie setzte sich an einen freien Tisch. Die Luft stand still, als hätte die Welt aufgehört zu atmen. Sie schwenkte ihr Glas und nahm einen tiefen Schluck. „So eine Gemeinheit", murmelte sie, „er hat einen nagelneuen BMW und ich muss meinen kleinen alten Flitzer aufgeben." Der Schweiß stand ihr auf der Stirn. Sie fühlte sich feucht, zerknittert, schwer. Die Hitze drückte ihr auf die Brust.

„Ich werde arm sein", sagte sie mit schwerer Zunge, „alles verkaufen müssen, in eine Bruchbude ziehen und am Ende von Stütze und dann von einer miesen Rente leben müssen. In diesem Land kann man nicht arm sein. Es wachsen keine Bananen auf den Bäumen, im Winter ist es kalt. Die Leute verachten die Armut, deine Freunde kennen dich nicht mehr, wenn sie dich zum Wein einladen müssen, dann schämen sie sich für dich. Sie tun es nur einmal. Wo kämen sie hin, wenn sie jeden Arbeitslosen zum Wein einladen müssten. So ist das. Du bist nichts mehr wert, dein Wissen, deine Bildung, deine Meinung nichts wert. Geld verloren, alles verloren. Seele, Geist, Anstand alles." Sie seufzte.

„Herr Ober, noch ein Glas." „Das ist das letzte Glas, das ich Ihnen bringe", sagte der Ober und stellte das Glas auf den Tisch, „dann schließen wir hier draußen." „Dann bringen Sie mir gleich noch ein zweites Glas, ja, bitte."

Ihre Stimme war klar. Früher in Mutters Jugend war die Armut noch etwas wert. Man war bescheiden und stolz. Sehr bescheiden und sehr stolz. Und man konnte sich noch hocharbeiten. Aus dem Nichts konnte man noch mit Fleiß und Ausdauer was erreichen. Einen kleinen spießbürgerlichen Wohlstand. Heute kann man sich nur noch hinunterarbeiten und dann landet man nicht mal in der Gosse, sondern wird vom Sozialamt verwaltet. Und dieser Scheißkerl fährt einen BMW. Das ist einfach ungerecht.

Das letzte Glas genoss sie in kleinen Schlucken, während sie halblaut über ihre verdammte Zukunft dozierte. Sie rauchte dabei, murmelte, trank und rauchte.

Die anderen Gäste zahlten und brachen auf. Ein Pärchen ging nach drinnen. Sie saß allein in dem ehemaligen Vorgarten inmitten der verwaisten Tische und Stühle. Als der Ober kam, drückte sie die halb gerauchte Zigarette aus, kramte in ihrer Tasche nach dem Portemonnaie, zahlte, hinterließ ein großzügiges Trinkgeld, raffte sich auf und ging. Nach wenigen Metern spürte sie, wie betrunken sie war, aber sie ging ohne zu schwanken.

„Ich muss meinen Flitzer suchen", murmelte sie, „wo habe ich ihn nur hingebracht? Ich suche erst mal den Schlüssel." Sie nahm ihn in die Faust, ging weiter auf dem schmalen Bürgersteig. Linker Hand zeigte sich der Wohlstand in Gestalt von etwas nach hinten versetzten zwei- oder dreistöckigen Häusern. Teils von beträchtlichem Alter, aber aufwendig renoviert, teils prächtige Neubauten. Einige waren durch Zäune von der Straße getrennt. Schon in den Vorgärten zeigte sich, dass ein Fachmann die Gestaltung übernommen hatte. Steingärten, Bambusstauden, teure Kacheln. Kein Gartenzwerg hatte sich hier verirrt. Rechts standen die entsprechenden Karosserien. Zunächst ging sie achtlos an den Autos rechts vorbei, den blauen und grauen Wagen der Mittel- bis Superklasse. Ein besonders glänzender Lack und eine schnittige Form faszinierten sie. Sie blieb stehen. Plötzlich schlug sie mit dem Schlüssel auf den silbrigen Lack, nicht fest, nur so einen Klaps. Aber beim nächsten Wagen, schwarz und innen rotes Leder, da rutschte ihr die Hand aus und sie fiel fest auf das Hinterteil des Kolosses. Ein kleiner Schnitt blieb, der erst beim Polieren entdeckt werden würde. Sie ging weiter und dieser spaßige kleine Zorn wurde größer. Das Lachen, das sie begleitet hatte, erstarb und die Wut überwältigte sie. Sie nahm den Schlüssel fest in die Faust und jetzt zog sie mit voller Absicht und Wut quer über den Lack. Zunächst fühlte sie sich befreit, dann schaute sie sich ängstlich um, niemand hatte sie beobachtet. Der Zorn stieg beim

Weiterlaufen wieder in ihr hoch. Sie verlor mit jedem Aufschlag mehr das mulmige Gefühl, etwas Kindisches zu tun. Bei jedem Kratzer lächelte sie, atmete tief ein und wartete auf die Wut, die ihr den Schwung für den nächsten Kratzer gab. Ratsch, der Lack schob sich knirschend zur Seite. Der Schlüssel hinterließ eine schmale Spur.

„Hey guck mal die Alte, die zerkratzt die Autos, schrie plötzlich eine weibliche Stimme aus der Dunkelheit. Ruf die Polizei, ich halt sie auf."

Sie hörte die klappernden Schritte näher kommen. „Ich muss weg", dachte sie, „die mit ihren hohen Schuhen kriegt mich nicht." Sie rannte. Aber das Hacken der Hohen Absätze auf das Pflaster blieb dicht hinter ihr. Sie rannte noch schneller nach rechts, dann weiter, links. Das Klappern entfernte sich. Sie hörte die helle aufgeregte Stimme, die am Handy die Polizei verständigte.

„Ja, es war eine Frau, ich habe sie doch gesehen. Sie rannte weg." „Wer hat wo Autos zerkratzt", sagte eine männliche Stimme. „Hey, das ist meins, das gibt's doch nicht. Die kriege ich zu fassen. Ich werde sie aufhalten."

Sie keuchte, aber sie wurde nicht langsamer, rannte mal nach links, mal nach rechts. In ihrer Hast hatte sie die Orientierung verloren. Sie näherte sich wieder dem Ausgangspunkt. Die Stimmen der aufgeregten Leute waren deutlicher zu hören. Es schien, als hätte sich eine größere Menge von Menschen versammelt. Sie lief weiter. Die

Stimmen hinter ihr wurden leiser, aber plötzlich hörte sie feste Schritte, die ihr entgegen kamen. Panisch blieb sie stehen. Dann rannte sie zurück. Nur zwei Häuser, dort hatte sie eine offene Gartentür bemerkt. Sie schlüpfte hinein, schloss die Tür leise. Das Haus lag im Dunkeln. Sie erreichte die Eingangstür und strebte um das Haus herum, drängte sich an die Hauswand. Die Schritte hasteten an ihr vorbei.

Die Sirene des Polizeiautos raste durch ihre Ohren, während sie sich immer noch heftig atmend an den Efeu, der das Haus umwucherte, klammerte. Der Schweiß lief in kleinen Bächen über Brust, Bauch und Rücken. Sie zitterte. Alle Kraft hatte sie verlassen. Sie kniete sich auf den Boden und bedeckte sich mit Efeu. Von Ferne hörte sie immer noch die empörten Stimmen. Feste Schritte näherten sich. Sie hielt den Atem an. Die Schritte entfernten sich. Die Stimmen wurden leiser, dann wieder lauter. Wieder hörte sie Schritte, die vorbeigingen. „Warum gehen sie nicht weg", flüsterte sie, „warum verschwinden sie nicht?"

Die Leute standen beisammen und diskutierten. Die beiden Polizeibeamten hatten die umliegenden Straßen durchsucht, die Schultern gezuckt, und waren zu dem Kreis aufgeregter Menschen zurückgekehrt. „Wir finden sie nicht. Wir können nicht jedes Haus durchsuchen", sagte einer der Polizisten. „Aber Sie müssen sie finden", schrie eine Frau. „Das kann man doch nicht durchgehen lassen." Die anderen stimmten dem laut murrend zu. „Haben Sie sie denn deutlich gesehen?", wandte sich der Polizist an die Frau, die telefoniert hatte. „Sie war schlank und groß, sie hatte halblange dunkle Haare. Mehr konnte ich nicht sehen." „Sie sind sicher, es war eine Frau?" „Ganz sicher." „Wir fahren noch einmal durch das Viertel. Mehr können wir nicht tun. Also, gute Nacht."

Zurück blieb eine Handvoll Menschen, die sich über diese schreckliche Tat nicht beruhigen konnte. Irene hockte immer noch an die Wand gedrückt, von Efeu bedeckt, und lauschte angestrengt nach draußen. Nur gelegentlich verstand sie halbe Sätze oder Wortfetzen. Allerdings waren schon seit einiger Zeit keine Schritte mehr in der Nähe zu hören.

„Die werden noch stundenlang da stehen und palavern", dachte sie, „bei dieser Hitze kann sowieso niemand schlafen, also kann man auch draußen stehen und reden. Inzwischen wird mein Rücken abbrechen und meine sämtlichen Glieder werden einschlafen."

Die Hitze hatte kaum nachgelassen, aber der Efeu spendete ihr etwas Kühle. Ihr Körper schmerzte. Teils von der unbequemen Stellung, teils von den Kratzern, die sie sich beim Verstecken und Hineinwühlen in den Efeu zugezogen hatte. Irgendwann, ohne dass sie auch nur in etwa einschätzen konnte, wie viel Zeit vergangen war, wurden die Stimmen leiser und verstummten schließlich.

Ich zähle bis sechshundert, das sind zehn Minuten, dann stehe ich auf.

Sie erschrak selbst über den Lärm, den sie beim Aufstehen verursachte. Sie blieb still und horchte. Nichts regte sich. Es dauerte fünf Minuten, bis ihr Körper imstande war, einen Fuß vor den anderen zu setzen und unauffällig die Straße entlangzugehen. Sie suchte ihr Auto, setzte sich hinein und fuhr los. Zu Hause angekommen, machte sie sich einen starken Kaffee, setzte sich an ihren Schreibtisch und begann zu arbeiten.

# Nur ein Großmaul?

Ein junger Mann betritt den Gemeindesaal, mittelgroß, dünn, sieht aus, als wäre er eben aus dem Bett gekrochen. Fast alle Tische sind besetzt. Klar, ein Mittagessen umsonst das zieht die Armen an, vor allem die Alten. Eben wird die Suppe aufgetragen. Der Mann geht suchend durch den Raum. Da, in einer Ecke an einem kleinen Tisch, sitzt eine ältere Frau mit grauen kurzen Haaren. Er sieht nur ihren Rücken.

„Egal, ich versuch es", murmelt er, geht auf sie zu. „Ist hier noch ein Platz frei?", fragt er höflich. Die Alte dreht sich um, schaut ihn an. „Sicher. Setzten Sie sich ruhig an meinen Tisch."

Er zieht seine Jacke aus, wirft sie über den Stuhl. Darunter trägt er ein dünnes Hemd, das ihm über die Hose hängt, die obersten Knöpfe geöffnet. Die Haare stehen ihm wirr von seinem Kopf ab, trotzdem wirkt er nicht ungepflegt, nur so, als hätte er, ohne sich zu kämmen, das Haus verlassen.

„Mein Gott, Sie bestehen ja nur aus Haut und Knochen. Wie lang haben Sie denn nichts mehr gegessen?" Er verbeugt sich leicht und setzt sich. „Ich bin immer so dünn, egal wie viel ich esse." „ Na dann, hier gibt's genug und es schmeckt auch. Waren Sie noch nie hier." Er schüttelt den Kopf. „Und

Sie? Sind jeden Tag hier?" „Nein, hier gibt es nur dreimal in der Woche Essen. Ich bin nur mittwochs hier. Es ist nett, mal unter Leuten zu sein."

Die Suppe wird serviert. Beide löffeln schweigend. „Eine gute Sache ist das doch hier. Und außerdem schmeckt es." „Eine Schande ist das, der Staat sollte dafür sorgen, dass jeder genug zu essen hat." „Na, Sie sollten nicht alles dem Staat anlasten. Es ist gut, dass wir eine Demokratie haben und ehrlich gesagt, es geht uns nicht schlecht. Ich habe schon viel schlimmere Zeiten erlebt."

Der Junge hat während ihren Worten die Suppe ausgelöffelt. Jetzt schaut er mürrisch auf und knurrt. „Eine Scheindemokratie ist das, was wir hier haben." Die Alte legt ihren Löffel beiseite. „Wissen Sie, ich schätze Sie um die dreißig. Sie sind im Wohlstand aufgewachsen, selbst wenn ihre Eltern arm waren, ging es ihnen viel besser, als den Leuten in den Zwanzigern, Dreißigern, während des Krieges und auch den Jahren danach." „Ich lebe jetzt und es geht uns schlecht. Sie bilden sich nur ein, dass Sie in einer Demokratie leben." Die Alte nimmt ihren Teller, will seinen nehmen, um sie ans Buffet zu bringen. Der Junge aber ergreift beide Teller, bringt sie weg und murmelt: „Ich mach das schon."

Er kommt zurück. Eine junge dunkelhaarige Frau serviert das Essen. Hackbraten mit Wirsing. Etwas ungeschickt balanciert sie die mit Essen beladenen Teller über dem Tisch und legt den ersten mit einem kleinen Knall ab. Sie errötet und stellt den zweiten Teller vorsichtig vor den jungen Mann. Die Alte isst mit Wohlbehagen, es ist ihr anzusehen, es schmeckt ihr und sie genießt die heimelige Atmosphäre in dem Raum. Der Junge kaut langsam und bedächtig, starrt auf seinen Teller und es scheint, als würde er seine Umgebung nicht wahrnehmen.

„Das hat richtig gut geschmeckt", sagte die Alte zufrieden, „aber jetzt sagen Sie doch, was haben Sie denn gegen die Demokratie." „Die Politiker sind alle Verbrecher. Sie bescheißen uns." „Wie wollen Sie das wissen?" „Ich habe mir ihre Reden angehört. Sie lügen. Sie interessieren sich nur für sich. Sie müssten dafür sorgen, dass es sowas wie hier nicht gibt. Es müsste mehr Lohn bezahlt werden, mehr Kindergeld. Es sind alles Verbrecher." „Nun, ich will mich nicht mit Ihnen streiten. Sie sind alle Menschen und wir Menschen machen Fehler, auch die Politiker. Natürlich kann man einiges kritisieren, das mache ich auch. Aber es sind doch keine Verbrecher." „Doch, ich weiß es." „Welcher Partei werden Sie denn bei der nächsten Wahl Ihre Stimme geben." „Keiner. Nur mir selbst." „Und dann?" „Ich würde mich wählen und es besser machen." „Denken Sie nicht, dass Sie sich überschätzen und die anderen unterschätzen?" Der Junge lächelt. „Nein, ich weiß es besser als die anderen." Dann steht er auf, verbeugt sich und verlässt den Raum.

Einige Minuten später kommt ein älterer Mann an den Tisch. „Na, Else, wer war denn das, der heute mit dir gegessen hat?" „Das war unser nächster Kanzler oder Führer oder

Präsident, wie immer er sich nennen will." „Na, das ist doch wohl ein Scherz." „Nein, er würde das nicht so sehen. Setz dich doch, der Kaffee kommt gleich." „Gut, danke."

Er setzt sich nicht auf den Stuhl auf dem der Junge saß, sondern neben Else. „Also berichte mal." „Da gibt es nicht viel zu erzählen. Er meinte, die Politiker sind alle Verbrecher und er würde das besser machen." „Aber er wirkte doch ruhig und höflich." „Das hat mich auch gewundert. Die meisten brüllen los, wenn sie so denken. Aber er sagte das mit einem Lächeln." „Du denkst, das macht ihn gefährlicher." „Ja, er hatte etwas, ich weiß nicht, er wirkte so sicher, so bestimmt." „Na ja, bis er mal dran ist, das werden wir nicht mehr erleben." „Das denke ich auch, aber ich finde, darauf sollte man sich nicht verlassen."

## Der Hauptkommissar

„Gute Reise. Mach`s gut Papa." „Du scheinst mir irgendwie verspannt. Ruh dich mal aus", sagt die Ehefrau." „Ja, alles gut. Vergiss nicht zu tanken.", antwortet er. Mutter und Tochter steigen ins Auto, winken, fahren los. Jürgen geht zurück ins Haus, setzt sich an den nicht abgeräumten Frühstückstisch und schenkt sich eine Tasse Kaffee ein. Er gähnt. Das Telefon klingelt. Er hört sich selbst auf dem Anrufbeantworter, seine tiefe, angenehme Stimme. „Ich könnte mehr Romane vorlesen und mich um Synchronjobs kümmern", sagt er halblaut zu sich selbst „mein Organ funktioniert noch. Darf ich mich vorstellen", spricht er weiter, „mein Name ist Jürgen Kramer, seit fast zwanzig Jahren spiele ich den Kriminalkommissar beim ZDF, mit sinkenden Einschaltquoten, aber immer noch sehr beliebt." Er knallt die Tasse auf den Teller und verschwindet im Bad.

In der Kantine des Senders sitzen zur selben Zeit drei Personen, die sich über Jürgen unterhalten. Sein junger Partner, vor einem Jahr zum Team gestoßen, hat gekündigt, ein Überflieger, ein fantastischer Schauspieler, hat ein Angebot bekommen, eine Hauptrolle. Jetzt suchen sie verzweifelt einen Nachfolger.

„Es ist an der Zeit, mal darüber zu reden, ob Jürgen das noch trägt!?", sagt Carsten, der Aufnahmeleiter. „Also hör mal, er ist immer noch unglaublich beliebt", widerspricht Frank dem Regisseur. „Trotzdem, einen Ersatz für Krone finden wir nicht und der hat die Serie noch mal an die Spitze geholt." „Jürgen hat sich aber nicht an die Wand spielen lassen." „Ja, vielleicht. Wir müssen einen jungen, unbekannten, sehr guten Mann finden." „Leichter gesagt als getan."

Mutter und Tochter Kramer sitzen im Auto. „Sag mal Mama, ich hab da neulich was gehört, als du telefoniert hast. Hast du vor, in der Schweiz zu arbeiten? Fahren wir deshalb dort hin?" „Am Genfer See wohl nicht. Aber in Basel, nur für sechs Monate." „Willst du Papa verlassen?" „Nein, wo denkst du hin, nur eine kleine Auszeit." „Versprochen?" „Versprochen!"

Jürgen kommt aus dem Bad, zieht sich an, geht aus der Wohnung die Treppe hinunter, fischt die Zeitung aus dem Briefkasten. Wieder in der Wohnung kocht er frischen Kaffee und vertieft sich in die Zeitung. Wieder klingelt das Telefon. Er geht nicht ran. Er wirft die Zeitung auf den Tisch, holt sich das Manuskript für die nächste Sendung, diesmal ohne Hilfssheriff, wie die Kollegen die Nummer zwei der Serie nennen. Nach wenigen Minuten legt er es beiseite und beginnt die Küche aufzuräumen. So geht der Tag weiter. Fünfzehn Minuten lesen, dann aufräumen, wieder lesen, etwas suchen, wieder lesen und so weiter.

Endlich ist es Mittagszeit. Er muss raus aus der Wohnung, setzt sich aufs Rad und fährt in die Innenstadt. Er betritt ein Café, bestellt ein spätes Frühstück mit Rührei, Schinken, Käse, frischen Brötchen. Er schaufelt alles in sich hinein, als hätte er seit Tagen nichts gegessen. Er fährt zurück mit einem Umweg, einer kleinen Runde durch den Park.

Es gelingt ihm, den Tag hinter sich zu bringen, ohne sich einer Sache länger als eine kleine Weile zu widmen. Er setzt sich, steht auf, läuft hin und her, liest eine Seite des Manuskripts, setzt sich wieder. Abends wirft er sich aufs Sofa, halb liegend, die Füße lang gestreckt starrt er mit einem Glas Wein in der Hand auf den Bildschirm und verfolgt die durchs Feld rennenden Fußballer.

Der Sonntag wird nicht besser. Unruhig stiefelt er durch die Wohnung, liest ein paar Seiten, dann kocht er Kaffee, schaut in die Fernsehzeitschrift, legt sich auf die Couch, steht Minuten später wieder auf, geht in der Wohnung auf und ab. So verstreicht der Sonntag.

Ein Stimmungstief, so nennt er seine Unruhe, es geht vorbei, ich bin einfach überarbeitet, das betet er sich seit Monaten vor, nur um nicht darüber nachdenken zu müssen, was eigentlich los mit ihm ist.

Abends will Jürgen essen gehen. Er hat von einem neuen Lokal gehört, nur Gutes, von einem Kollegen, der als Kenner und Feinschmecker gilt. Also rafft er sich auf.

Das Lokal gefällt ihm, noch sind nicht alle Tische besetzt, er sieht hier und da entfernte Bekannte. Der Ober erkennt ihn, den Kommissar aus dem Fernsehen, er führt ihn an einen kleinen Tisch in einer Nische mit Fensterblick nach draußen. Jürgen entspannt sich, studiert die Karte und bestellt. Vor dem Essen ein Glas Champagner, später Weißwein. Er genießt die Austern, er hat sich seit Jahren keine gegönnt. Dann bestellt er Fisch, das kommt zu Hause selten auf den Tisch, nimmt dann noch ein wenig Käse und zum Abschluss einen Espresso. Er bestellt eben einen zweiten, da drängt sich eine Gestalt vor den Ober und setzt sich zu ihm an den Tisch.

„Was wollen Sie hier?" „Sie sind doch Jürgen Kramer?" Er nickt. „Ein aufdringlicher Bewunderer – ziemlich unverschämt", denkt er sich. „Ich bin ihr Sohn." „Wie bitte?" „Sie haben richtig gehört. Meine Mutter hieß damals Iris Baumann." „Gut, möchten Sie etwas trinken?" Sein Gegenüber schüttelt den Kopf. „Können Sie sich ausweisen?", sagt er in seinem strengsten Ton, schlüpft in die Rolle des Kommissars. „Mein Ausweis sagt Ihnen nichts. Mein... der Mann meiner Mutter hat mir seinen Namen gegeben."

Jürgen überlegt, er muss sechzehn sein oder siebtzehn? Er rechnet, mein Gott ist das lange her. „Was wollen Sie von mir?" Er denkt nicht daran ihn zu duzen, er möchte weiter den Kommissar spielen. „Ich brauche Geld." „Ach ja." „Ja, ich werde erpresst. Man verfolgt mich." „Was erzählen Sie für einen Unsinn." Der Junge verliert die Nerven. Steht auf und wird lauter. „Es ist die Wahrheit." Er schlägt mit der Faust auf den Tisch. „Ich werde verfolgt. Sie werden mich verprügeln, wenn nicht sogar Schlimmeres." „Um wie viel Geld geht es denn?" „Dreitausend Euro." „Du bist verrückt." Plötzlich verwendet Jürgen das Du. „Nein, ich habe Angst. Sie bringen mich um. Geben sie es mir." „So viel Geld habe ich gar nicht bei mir." „Draußen gibt es einen Bankautomat." „Kommt nicht in Frage. Ich gebe dir, warte mal, also zweihundert. Das reicht." „Sie haben nie an mich gedacht. Sich nie um mich gekümmert. Ich habe Sie einen Scheißdreck interessiert. Jetzt können Sie alles wieder gut machen." „Du bist übergeschnappt." Er legt die beiden Hunderteuroscheine auf den Tisch. Der Junge springt auf. Schreit. „Das werden Sie noch bereuen. Sehr bereuen."

Dann nimmt er das Geld. Er droht mit der Faust. Jürgen erschrickt, er sieht wirklich verzweifelt aus. Quatsch. Jürgen beruhigt sich. Er sieht, wie der Junge durch das Lokal stolpert, rennt und verschwindet.

Es ist wie ein Albtraum. Es war eine kurze Affäre in der Zeit zwischen seinen beiden Ehen. Sie wollte nicht abtreiben. Sie war sauer. Er war stur, bestand auf der Abtreibung. Er hat nie erfahren, welches Geschlecht das Kind hat. „Aber ich habe immer die Alimente bezahlt", beruhigt er sich, „jeden Monat, jedes Jahr."

Einige Gäste haben die Scene verfolgt. Jürgen glaubt zu hören, wie sie leise darüber beraten. Jürgen winkt dem Ober. Ein Gast setzt sich zu ihm an den Tisch, Robert aus dem Sportstudio. „Was war denn das?" „Nichts Aufregendes. Er wollte Geld." „Er sah ganz schön fertig aus." Jürgen winkt ab, zahlt, steht auf, tippt Robert auf die Schulter. „Wir sehen uns. Ich muss heim."

Er läuft zu Fuß nach Hause, versucht den Jungen zu vergessen. Er schläft schlecht in dieser Nacht. Am nächsten Tag widmet er sich ernsthaft dem Drehbuch. Gelegentlich denkt er noch an die Szene mit dem Jungen, er fragt sich, ob er wirklich sein Sohn gewesen sei. Ähnlich sah er ihm nicht.

Dienstagmorgen gegen zehn Uhr klingelt es. Jürgen wundert sich, vielleicht die Post. „Hier ist die Polizei. Würden Sie uns wohl hereinlassen." Er drückt auf den Öffner. Zwei Polizisten kommen nach oben. „Guten Tag. Sind Sie Herr Kramer, Jürgen Kramer?" Er nickt. „Wir müssen Sie bitten, uns aufs Präsidium zu begleiten. Sie sollen dort als Zeuge vernommen werden." „Um was handelt es sich denn?" „Das dürfen wir Ihnen leider nicht sagen." „Muss das sein?" Die beiden nickten. Vielleicht kann ich noch etwas lernen, denkt Jürgen und zieht seinen Mantel an.

Sie fahren ins Präsidium. Dann stehen sie sich gegenüber, der wirkliche Kommissar und der aus dem Fernsehen. „Schön, dass Sie kommen konnten, Felix Schäfer, Hauptkommissar. Nehmen Sie doch Platz" „Um was geht es hier eigentlich? Würden Sie mich aufklären." „Später. Zunächst möchte ich Ihnen einige Fragen stellen. Sie kennen doch das Procedere oder täusche ich mich?" Er lächelt. „Sie sollten mir sagen, in welcher Angelegenheit Sie mich befragen." „Wie gesagt, später." „ Aber in welcher...?" „Sie werden als Zeuge vernommen. Nichts wird Ihnen vorgeworfen." „Aber, Sie müssen..." „Kein aber. Kommen wir zur Sache. Wo waren Sie am Sonntagabend?" „Aha, geht's um den Jungen? Hat er was angestellt?" „Herr Kramer, ich stelle hier die Fragen. Also, wo waren Sie?" „Also, dass mit dem Jungen..." „Herr Kramer." „ Also gut. Ich war im weißen Schwan gegen halb neun. Dort habe ich gegessen. Interessiert Sie auch was?" „Wir sind hier nicht in einem Theaterstück Herr Kramer. Wann haben Sie das Lokal verlassen?" „Genau weiß ich es nicht. Ich würde sagen gegen elf." „Und nun zu dem Jungen. Was war mit ihm?", fragt ihn der Kommissar. Jürgen ist genervt, dass man ihn wegen solch einer Lappalie zur Polizei geschleppt hat. Er überlegt, ob er einen Anwalt verlangen soll.

„Er wollte Geld. Genau gesagt dreitausend Euro. Er behauptete, er sei mein Sohn." „Und war er es?" „Ich weiß es nicht. Ich habe dieses Kind nie gesehen, aber dafür regelmäßig bezahlt." „Für was wollte er das Geld." „Er behauptete, er hätte Schulden, man würde ihn verfolgen. Einfach lächerlich. Er wollte mich abzocken." „Haben Sie ihn gefragt, bei wem er diese Schulden hatte?" „Nein, das war doch eine Lüge." „Erkennen sie eine Lüge, wenn sie ausgesprochen wird? Er hätte tatsächlich ihr Sohn sein können." „Ich verstehe nicht." Jürgen ist verwirrt. „Nun, es ist doch ungewöhnlich, dass der Junge sie nicht auf der Straße angebettelt hat, sondern in das Lokal kam. Die Sache schien dringend. Und wenn er nicht ihr Sohn war, woher weiß er, dass es einen Sohn gibt. Sie hätten die Polizei verständigen sollen." „Also jetzt gehen Sie zu weit Herr Kommissar. Sie meinen ich hätte mich um ihn kümmern sollen? Ich habe nach seinem Ausweis gefragt. Er hat sich geweigert." „Was hat er Ihnen geantwortet?" „Er nannte den Mädchenamen seiner Mutter und behauptete, er trage den Namen seines Stiefvaters." „Nun, er war doch ehrlich. Sie hätten ihm eine Chance geben können. Weiß ihre Frau von dem Kind." „Das tut nichts zur Sache." „Also weiß sie es nicht." „Was wollen Sie eigentlich von mir. Wegen diesem Bengel machen Sie so ein Theater. Hat er mich angezeigt?" „Nein, er hat Sie nicht angezeigt, er wurde eine Stunde nachdem er das Lokal verlassen hatte, ermordet. Zu Tode geprügelt, um genau zu sein."

Jürgen wird blass, er schwitzt, ihm ist schwindlig. Der Kommissar stellt ein Glas Wasser auf den Tisch. Jürgen trinkt gierig. Er schüttelt den Kopf, fährt sich mit beiden Händen durch das Haar. Schaut auf. Er hält seine Hände unter dem Tisch fest. „Verdächtigen Sie mich?" „Nein, im Moment sind Sie ein Zeuge. Wie sind Sie nach Hause gekommen? Mit dem Auto?" Jürgen schweigt, schüttelt den Kopf, er erinnert sich nicht. Wie kam er heim?

„Also ich glaube", beginnt er stotternd, „ich weiß nicht, nein. Ich bin zu Fuß gegangen." „Sicher?" Er nickt. Der Kommissar zeigt ihm einen Plan auf dem PC.

„Zeigen Sie mir den Weg, den sie gelaufen sind." Jürgen ist verwirrt, verlegen, er kann sich nicht erinnern. Er überlegt, schüttelt den Kopf, starrt auf den Bildschirm, nimmt die Hand hoch, sie zittert, er beginnt mit einem Finger zögerlich seine Schritte vom Restaurant zu der Straße in der er wohnt zu beschreiben.

„Ist Ihnen auf dem Weg irgendetwas aufgefallen? Ungewohnte Geräusche, irgendwelche Personen?" „Ich war nicht mehr ganz nüchtern. Ich sah nur wenig Leute auf dem Weg und irgendwann schrie jemand wohl aus einem Fenster: Ruhe – obwohl ich keinen Lärm gehört habe." „Wo war das?" Jürgen schüttelt den Kopf. Ihm ist schwindlig. Sein Kopf dröhnt. „Wir fahren gleich den Weg entlang. Vorher brauche ich Ihre Fingerabdrücke und dann die Kleidung, die Sie getragen haben." „Also verdächtigen Sie mich doch?" „Es gibt kaum einen Unterschied zwischen verdächtigen und ausschließen. Die Dinge, die wir prüfen müssen, sind dieselben."

Jürgen lässt die Prozedur mit den Fingerabdrücken über sich geschehen. Er fühlt nichts, spürt nur diese absolute Leere in seinem Kopf, er ist unfähig einen klaren Gedanken zu fassen. Er folgt dem Kommissar stumm, setzt sich in dessen Auto.

„Konzentrieren Sie sich jetzt bitte. Wohin sind sie gelaufen?" Das Auto schleicht langsam die Straßen entlang. Jürgen erinnert sich, dann wieder nicht, dann doch. Plötzlich ist er hellwach. „Hier. Hier habe ich die Stimme gehört. Sie schrie:

Ruhe da draußen! Und dann noch einmal: Ruhe." „Männlich oder weiblich?" „Es war ein Mann. Dann knallte er das Fenster zu." „Wo genau?" „Da drüben schätzungsweise im zweiten Stock." „Gut danke. Fahren wir weiter. Ist Ihnen noch etwas aufgefallen?" „Nein. Stimmen vielleicht." „Was, welche? Konzentrieren Sie sich." „So was wie hauen wir ab oder weg hier." „Aus welcher Richtung?" „Kann ich nicht sagen." Die Strecke bis zu Jürgens Haus fahren sie schweigend. Jürgen sucht zwanghaft nach weiteren Erinnerungen, aber sein Kopf bleibt leer. Er holt seine Kleider, der Kommissar bringt ihn zurück zu seinem Auto. „Denken Sie nach, ob Ihnen noch etwas einfällt", sagte er zum Abschied. Jürgen nickt nur.

In den nächsten beiden Tagen schwankt Jürgen zwischen totaler Panik und Angst um sich selbst. War er verantwortlich für den Tod seines Sohnes, von dem er vergessen hatte, dass es ihn gab? Verdächtigte ihn der Polizist? Das würde er sich nicht gefallen lassen. Es könnte schnell zu Ende sein mit seiner Karriere. „Ich werde mich zu wehren wissen", sagt er laut.

Bereits am Mittwoch liest er seinen Namen im Zusammenhang mit dem Mord in der Zeitung: Jürgen Kramer, Zeuge in einem Mordfall. War er derjenige, der den Jungen als letzter lebend gesehen hatte? Für Freitag wird er noch einmal ins Kommissariat bestellt. Der Sonntagabend wird wieder und wieder Minute für Minute durchgespielt. Jürgen hatte bis jetzt verschwiegen, dass der Junge gesagt hatte, es könne ihm Schlimmes passieren.

Nun gesteht er es. „Sicher, ich habe den Jungen weggeschickt. Aber ich habe ihn nicht verfolgt und ihn auch nicht umgebracht. Ich werde jetzt nur noch mit meinem Anwalt mit Ihnen sprechen." Der Kommissar stand auf. „Gut, wie Sie meinen. Ich sehe Sie am Montag um zehn Uhr mit Ihrem Anwalt."

Am Sonntag erwartet er seine Familie zurück. Jürgen fragt sich, muss er seiner Frau beichten, dass er einen unehelichen Sohn hat, den er nie gesehen, nur für ihn bezahlt hat.

In einer Woche beginnen die Aufnahmen für die nächste Serie. Das Drehbuch liegt noch zur Hälfte ungelesen auf seinem Bett. Er kauft sich alle Zeitungen. Wenn sie erfahren, dass mein Sohn der Ermordete ist oder ich verdächtigt werde oder beides, dann war ich die längste Zeit der bekannte Fernsehkommissar. Er bereitet sich auf seine Verteidigung vor. Er würde den Kommissar in seine Schranken weisen, ihm seine Unfähigkeit vorwerfen. Er wappnet sich für einen harten Kampf. Seiner Frau verschweigt er den Sohn, stellt die Angelegenheit als Bagatelle dar, und verspricht, noch ein Gespräch mit dem Kommissar, dann sei die Sache vom Tisch.

Am Montag erklärt der Kommissar dem Anwalt noch einmal, sein Mandant würde lediglich als Zeuge vernommen. „Haben Sie denn überhaupt schon ermittelt, ob der Junge wirklich mein Sohn war, oder wissen Sie es immer noch nicht?" „Doch, das wissen wir. Der Junge war nicht Ihr

Sohn." Die Erleichterung ist Jürgen anzusehen. „Wer war er dann?" „Er war der beste und älteste Freund Ihres Sohnes. Seine Mutter und ihr Ehemann hatten Ihren Sohn als er dreizehn Jahre alt war über seinen richtigen Vater aufgeklärt. Das war sicher nicht leicht zu verdauen, also sprach er mit seinem besten Freund darüber. Diese Familie hatte viel Pech, ist verarmt, und er, der Junge, wollte raus aus dem Dilemma und dachte wohl, Drogen zu verkaufen sei der schnellste Weg. Wenn wir richtig informiert sind, hat er vor einem Monat Drogen im Wert von dreitausend Euro gekauft, die ihm aber gestohlen wurden. Aber die Drogenleute wollten das Geld von ihm. In seiner Not hat er sich an den tatsächlichen Vater seines Freundes erinnert, der seinen Vater nie gesehen hatte. So kam er zu Ihnen. Sie schickten jemand ihn zu verprügeln. Das ist wohl aus dem Ruder gelaufen. Der Schuldige ist noch nicht gefasst, aber wir sind dran. Der Mann, der Ruhe gerufen hat in dieser Nacht, hat uns sehr weitergeholfen."

Jürgen rennt aus dem Raum. Er muss sich übergeben. Er ist bleich und zittert, als er wiederkommt. „Haben Sie mit meinem Sohn darüber gesprochen? Weiß er Bescheid?" Der Kommissar nickt.

„Haben Sie noch weitere Fragen an meinen Mandanten?", mischt sich der Anwalt ein. Der Kommissar nickt und spult den Abend noch einmal mit Jürgen Minute für Minute ab. Er verlangt von Jürgen, sich an die übrigen Gäste zu erinnern. Jürgen fahrig, unkonzentriert, denkt an seinen Sohn, den er nicht kennt. Er schüttelt den Kopf, bekennt, er sei verwirrt gewesen, habe auf niemanden geachtet.

„Versuchen Sie sich zurückzuversetzen. Kam in der Zeit, in der der Junge mit Ihnen sprach, jemand ins Lokal, oder wurde die Tür geöffnet und wieder geschlossen?" „Ich weiß es nicht. Mein Gott, ich weiß es nicht." „Versuchen Sie sich zu erinnern." „Ja, sicher, es gingen laufend Leute rein und raus. Aber Moment, doch die Tür wurde einmal geöffnet, blieb einen Moment offen." „Gut, für den Moment war das alles." Jürgen lässt seinen Wagen auf dem Parkplatz stehen, läuft die Straße Richtung Innenstadt entlang, ohne zu wissen wohin. „Halten Sie sich vorläufig zu unserer Verfügung."

Er hat einen Sohn, der jetzt von ihm denkt, er sei der beschissenste Vater auf der Welt, der zugelassen hat, dass sein bester Freund umgebracht wurde. „Warum war ich damals so bescheuert stur? Es war die Karriere, obwohl noch keine Aussicht darauf bestand. Ja, doch das war es, verdammt noch mal. Wie komm ich da wieder raus. Ich habe das alles verdrängt, vergessen und wenn ich die Abbuchung für das Kind auf meinem Kontoauszug sah, habe ich aber immer nur für Sekunden daran gedacht, es könnte auch anders sein."

Es begann zu regnen, es störte ihn nicht, er lief stur weiter, der Regen trommelte auf seinen Kopf, bis er vor seinem Haus stand. Er rannte die Treppen hinauf, zerrte sich die Kleider vom Leib und stellte sich unter die Dusche. Das

Trommeln des heißen Wasserstrahls auf seinem Kopf beruhigte ihn nicht wirklich, aber es zwang ihn, langsam und tief zu atmen. „Ich werde diese Rolle nie wieder spielen. Das geht nicht. Ich habe einen Vertrag. Das würde mich mein gesamtes Geld kosten."

Jürgen war kaum ansprechbar, wie immer kurz vor dem Start der ersten Drehtage, aber diesmal schien alles übertrieben. Er war gehetzt, unwillig zu sprechen, erschien nicht mehr zu den Mahlzeiten.

Seine Frau und die Tochter waren inzwischen zurückgekehrt. „Was ist los mit dir?", fragte ihn Irene. „Nichts, ich brauche Ruhe", brummte er, nahm seine Decke und zog sich in sein winziges Arbeitszimmer auf das Sofa zurück. Jürgen spielte in der nächsten Folge einen zerknitterten Kommissar, der sich tief in einen schwierigen Fall vergraben hatte und nichts herauszufinden schien. Das Team war begeistert.

Er wird noch zwei Mal zu einer Gegenüberstellung geladen. Dann ist die Polizeiarbeit erledigt. Die Täter sind gefunden. Einige Tage später verschwindet Jürgen, nachdem er zwei Briefe geschrieben hat. Einen an den Sender, mit der Bitte um eine etwas längere Pause bis zum nächsten Dreh und einen an seine Frau. Irene, nicht böse sein. Ich bin in einem unruhigen Zustand. Ich brauche Abstand und muss allein sein, vielleicht für einige Wochen. Verzeih mir. Ich melde mich. Jürgen.

Er fliegt nach Edinburgh, bleibt dort einige Tage, kauft Kleidung, Rucksack, Schuhe und alles Übrige, was man für eine lange Wanderung braucht. Dann läuft er los.

Als er abends todmüde in seinen Schlafsack kriecht, fragt er sich, wie er hier her gekommen ist und wo um Himmels Willen das ganze Zeug her ist, dass er mit sich rumschleppt. Am nächsten Morgen befreit er sich aus dem Sack, packt alles zusammen und marschiert weiter, bis er zwei Stunden später in einem Dorf ankommt, in dem er mit Kaffee und Brot versorgt wird. Vom Wirt des unscheinbaren Dorfgasthauses erhält er eine Wanderkarte und nützliche Hinweise fürs Überleben. Also zieht er weiter und weiter, Tage und Wochen, bis er zusammenbricht. Einige Landarbeiter finden ihn. Nach einigen Tagen im Krankenhaus wird er nach Frankfurt in die Uniklinik geflogen.

Er hat nicht geschafft, was er sich vorgenommen hatte, ein anderer zu werden, reinen Tisch zu machen, sich bei seinem Sohn und der Mutter zu entschuldigen. Trotzdem, ist er ein anderer geworden, zögerlich, unsicher, in sich gekehrt. Den Kommissar darzustellen, hat er aufgegeben.

## Nur von hier weg

Ein heftiger Windstoß öffnete das angelehnte Schlafzimmerfenster und fuhr in die schlaff hängenden Vorhänge. Es war Dienstag, die zweite Aprilwoche. Erna schälte sich wie jeden Morgen leise aus dem Bett, schloss das Fenster und schlich auf Zehenspitzen aus dem Schlafzimmer. Das Alleinsein in der ersten halben Stunde nach dem Aufwachen bestimmte den Tag. Wenn er vor ihr erwacht war und sich stöhnend aufsetzte und sie aus dem Schlaf riss oder wenn er sich in dem Augenblick, wenn sie die Decke vorsichtig zurück zog, herum drehte und sie mit offenem Mund und verquollenen Augen anglotzte, dann verdunkelte sich die Welt und sie fiel ins Nichts.

Diese Zeit am Morgen, allein mit sich, verschaffte ihr Abstand von ihm und Mut für den Tag. Sie wusch sich rasch. Duschen leistet sie sich nur am Wochenende, jetzt war keine Zeit dafür. Der Blick in den Spiegel war kurz. Sie betrachtete ihr verbrauchtes trauriges Gesicht nicht gerne, obwohl sie manchmal träumte, sie wäre eine schicke Alte. Jung wollte sie nicht mehr sein, aber etwas eleganter. Öfter ein Friseurbesuch. Ein wenig Schminke und ein dunkelblaues Kostüm, nicht den billigen Fummel, den sie im Moment trug. Sie seufzte.

Gerade als sie das Frühstück vorbereitet hatte, kam Gerd herein geschlurft in diesen alten abgelatschten Hausschuhen, die sie nicht leiden konnte. Keiner sagte ein Wort. Als er sich den Kaffee in die Tasse goss, beobachtete sie, wie seine Hand zitterte. Er schaute sie kurz an, dann nahm er das geschnittene Brot aus dem Körbchen und bestrich es dünn mit Butter. Als wolle sie sich das Bild seines mürrischen und verwüsteten Gesichts und die fahrigen Bewegungen mit seinen dicken zitternden Händen einprägen, starrte sie ihn solange an, bis er mit einem lauten Schlag das Ei köpfte. Dann verließ sie die Küche. Als sie zurückkam, hatte Gerd eben die zerknitterte Zeitung von gestern aus der Tasche gezogen. Sie räumte ab. Nach einer Weile sah er auf die Uhr. „Es ist Zeit", sagte er. Es waren nur noch vereinzelte Worte oder Halbsätze, die sie austauschten. Sie holte ihren Mantel und ihre Tasche.

Er fuhr die Dienstagstour, dieselbe wie donnerstags. Mittwochs war es eine andere Strecke. Montags blieben sie zu Hause, Erna putzte die Wohnung, machte die Wäsche und gönnte sich später auf dem Sofa liegend ein wenig in den Illustrierten zu blättern, die sie bei ihren Jobs mitnehmen durfte, während Gerd sein Auto pflegte. Freitags und samstags fuhr sie mit der U-Bahn. An diesen Tagen arbeitete er auch, angeblich, wie sie immer dachte, denn er lebt doch von meinem Geld. Seine Rente reichte kaum für das Nötigste, und sie würde erst in drei Jahren ihre Rente beantragen können.

Sie entfernten sich aus dem Vorstadtviertel mit den billig hochgezogenen Häuserblöcken und fuhren Richtung Innenstadt. Gerd stoppte in einer Straße mit eleganten Jahrhundertwendehäusern und gepflegten Vorgärten. Er wartete ungeduldig bis sie sich aus dem Auto gequält hatte und fuhr weiter. Er suchte einen Parkplatz, dann stieg auch er aus, ging einige Schritte zum nächsten Kiosk, setzte sich wieder ins Auto und begann zu lesen.

Erna hatte inzwischen einen schweren Schlüsselbund aus der Tasche gezogen, aufgeschlossen und in der Wohnung im zweiten Stock angefangen zu putzen. Sie ging systematisch vor, was man an ihr schätzte. Sie brauchte keine Anweisungen. Sie arbeitet nach ihrem eigenen Plan und alles geschah zur rechten Zeit. Möbel, Schränke, Fenster, Fußböden, die Fliesen in Bad und Küche waren immer sauber. Sie hinterließ keine Schmutzecken und benutzte die Reinigungsmittel äußerst sparsam. Ihr kleines Radio in der Tasche begleitete sie. Trällernd, gelegentlich mit kleinen Tanzschritten, tat sie ihre Arbeit. Das unerträgliche Leben mit Gerd war für einen Moment abgeschüttelt und sie vergaß, dass er unten saß und auf das Geld wartete. Drei Stunden später zog sie ihre Schürze aus und packte sie ein. Dann nahm sie den weißen Umschlag, der auf dem Wohnzimmertisch lag, öffnete ihn, nahm einen Schein heraus, den sie in ihrem Büstenhalter versteckte und verschloss das Kuvert. Gerd hatte mittlerweile sein erstes Bier getrunken. Er streckte die Hand nach dem Kuvert aus, kaum stand sie neben dem Auto.

Der nächste Halt war vor einem Bürogebäude. Die Chefin des kleinen Unternehmens, eine energische dunkelhaarige junge Frau, kam ihr selbst entgegen. Sie war Ernas einzige Vertraute. Gerd hatte die wenigen Freundinnen, die sie noch von ihrem früheren Job kannte, längst vergrault. Der gemeinsame Sohn telefonierte nur selten mit ihr. „Wann verlässt du ihn endlich?", fragte er dann anklagend.

Vor einigen Monaten war Erna mit verheultem Gesicht in dem Büro aufgetaucht. Sie hatte morgens Gerd um etwas Geld für ein bisschen Wäsche, die sie dringend brauchte, gebeten. In wilder Wut hatte er sich auf sie gestürzt, sie gepackt und angeschrien. Sie hatte sich losgemacht, ihre Tasche und ihren Mantel gepackt und war davongerannt und mit der U-Bahn in die Stadt gefahren. Er stand schon vor dem Haus und hatte ihr mit der Faust gedroht. Erna hatte kein Wort gesagt, war an der Chefin vorbei gestürzt, hatte die Putzsachen aus dem Schrank gerissen, den Eimer voll Wasser gefüllt, zerrte ihn aus dem Becken, stolperte und das Wasser schwappte über und ergoss sich in den Flur. Erna hatte sich stumm niedergekniet und verbissen das Wasser mit dem Lappen aufgewischt. Die Chefin hatte verblüfft zugeschaut und schließlich geschrien: „Jetzt hören Sie auf mit dem Quatsch, setzen Sie sich zu mir." Nach energischem Nachfragen hatte Erna sich ihren Kummer und Ärger von der Seele geredet. Danach wurden gemeinsam Pläne geschmiedet. Sie hatte schon zweimal versucht, Gerd zu verlassen, aber er hatte ihr klar gemacht, was sie dann erwartete. Nun war ein neuer Plan entworfen worden. Die Chefin, Erna dachte nie mit ihrem Namen an sie, sie war eben die Chefin, hatte ihr zunächst geraten, einfach in eine andere Stadt zu ziehen. Erna hat mit zusammengebissenen Lippen den Kopf geschüttelt. „Er wird mich finden", sagte sie. „Im Ausland auch?", hatte die Chefin gefragt. Erna hatte sie fragend angeschaut. Und dann im Laufe der nächsten

Wochen hatten sie gemeinsam diese verrückte Idee weiter entwickelt. Die Chefin hatte eine Unterkunft in einem der Ferienhäuser einer Freundin gefunden und fast ein Dutzend Adressen gesammelt, davon einige schon angesprochen. Eine deutsche Putzfrau würden viele einer spanischen vorziehen, dachten sie. Erna, anfangs noch skeptisch, begann nach einiger Zeit die Sache systematisch zu verfolgen. Sie lernte sogar Spanisch, heimlich versteht sich. „Ich war schließlich nicht immer Putzfrau", sagte sie sich selbst, „ich habe lange in einem Büro gearbeitet und mein Englisch war ganz passabel, also warum sollte ich nicht eine andere Sprache lernen!?"

Erna hatte gespart, freitags und samstags länger gearbeitet und immer einiges aus der Tüte abgezweigt. Sie hatte die Briefmarkensammlung ihres Vaters verkauft, die sie nach seinem Tod vor Jahren in einer Kiste im Keller versteckt hatte, ohne Gerd etwas davon zu sagen. Das Flugticket wollte die Chefin zahlen, die nach der ersten Begeisterung die Sache etwas realistischer betrachtete und mit ihrem Beitrag ein wenig ihre Gewissensbisse milderte. Sagen wollte sie nichts über ihre späten Bedenken, denn Erna war nicht mehr aufzuhalten. „Und, sind Sie entschlossen?", fragte sie Erna an diesem Dienstag. „Hundert prozentig", erwiderte sie, „am Freitag geht es ab nach Spanien." Dann putzte Erna noch drei Stunden wie üblich.

Zurück im Auto schüttelte sie den Kopf, als er die Hand nach dem Kuvert ausstreckte. „Geld gibt es erst nächste Woche. Ihre Kunden zahlen so schlecht im Moment." Gerd war wütend. Am liebsten wäre er selbst hochgegangen und hätte der Frau ordentlich Bescheid gesagt. Aber er traute sich nicht. „Du dumme Kuh lässt dir aber auch alles gefallen", schrie er, „hättest mal meutern sollen." „Wozu?", fragte Erna. „Wozu, wozu, ich brauche das Geld." Sie sagte nichts.

Er brachte sie zur nächsten Putzstelle in der Innenstadt. Kaum war sie aus dem Auto, holte er sich die dritte Flasche Bier und nahm einen Schluck aus dem Flachmann, den er immer bei sich trug. Erna kam eine Stunde später als gewöhnlich zurück. „Bist du eingeschlafen da oben?" „Das totale Chaos herrschte. Sie hatten einen Wasserschaden und der Chef ist verreist." „Was heißt das, verreist?" „Es gab kein Geld. Er hat es vergessen. Du wirst eine Woche auf das Geld warten müssen."

Er starrte sie fassungslos an, sein Gesicht verzerrte sich. Er hob drohend den Arm, sie öffnete die Tür, da ließ er den Arm sinken. Er brauchte das Geld, das sie verdiente. „Ich hoffe, das geht nicht so weiter diese Woche", zischte er. „Ich habe Rückenschmerzen", sagte sie, „fahr mich heim."

Er biss sich auf die Unterlippe. Er hatte die Warnung verstanden. Sie hatte schon einmal wegen ihrer Rückenprobleme vier Wochen mit dem Putzen ausgesetzt. Er brachte sie nach Hause.

Am nächsten Morgen schlug sie verwirrt die Augen auf. Es war noch dunkel. Wo war sie? War schon Freitag? Langsam erinnerte sie sich, es war Mittwoch und obwohl sie seit einer Woche die Baldriantabletten am Abend nahm, war sie jetzt um fünf Uhr hellwach. Lieber Gott hilf mir, damit ich durchhalte, dachte sie. Sie löste sich aus dem Bett und schlich in die Küche, machte sich einen Kaffee, setzte sich an den Küchentisch und löste das Kreuzworträtsel der Apothekerzeitung. Nichts beruhigte sie besser. Als Gerd in die Küche schlurfte, ließ sie sich zu einem halbherzigen „Morgen" herab. Er antwortete nicht.

Erna kämpfte gegen die Angst und die Panik, indem sie wie eine Besessene mit Besen, Lappen, Staubsauger durch die Wohnungen und Büros fegte. „Nicht nachdenken", murmelte sie, „nicht nachdenken." Der Tag wollte nicht enden. Abends nachdem Gerd vor dem Fernseher eingeschlafen war, packte sie ihre Papiere zusammen und legte sie in die Tasche unter ihre Putzkleidung. Im Ehebett, den schwer atmenden Gerd neben sich, lag sie kleine Ewigkeiten wach, die sich mit unruhigen Schlafphasen abwechselten. Als die Morgensonne sie schließlich weckte, fuhr sie hoch und sprang aus dem Bett. „Bist du jetzt völlig übergeschnappt", brummte Gerd.

Aber, als sie zu Gerd ins Auto stieg, staunte sie selbst über ihre Gelassenheit. Sie freute sich heimlich, wenn sie so ruhig blieb, würde alles gutgehen. Aber schon im Fahrstuhl fühlte sie eine seltsame Beklommenheit. Irgendwas schnürte ihr die Kehle zu. Im Büro beim Anblick ihrer Chefin und Mitwisserin lachte sie überlaut und gleichzeitig rollten ihr die Tränen über die Wangen. „Ich weiß nicht, ob ich das wirklich tun kann", sagte sie leise. „Er wird untergehen ohne mich. Mein Gott kann ich ihm das antun? Und ich, wenn ich es nicht schaffe? Wenn ich reumütig zurückkomme? Das wäre eine unendliche Schande." Sie redete und weinte und redete. Die Chefin drückte ihr ein Glas mit Kognak in die Hand. „Trinken Sie. Beruhigen sie sich. Alles kommt in Ordnung. Sie haben es schon fast geschafft." Sie trank, weinte und schniefte. In ihrer grauen Kittelschürze und dem zurückgebundenen, von unzähligen Dauerwellen gekrausten dünnen Haaren und der zerfließenden Schminke, die sie sich morgens ungeschickt aufgemalt hatte, sah sie aus wie ein Häufchen Unglück. Doch dann schniefte sie noch einmal und sagte: „Also gut, und wenn die Welt untergeht, ich fahre, und ich komme auch nicht heulend und winselnd zurückgekrochen. Das schwöre ich." Das gesamte Büro, sprich, noch drei Mitarbeiterinnen, war bei ihrem Ausbruch zusammengelaufen. Jetzt lachten alle und umarmten sie. Dann machte sie sich an die Arbeit.

„Ich bekomme das Geld erst nächste Woche", sagte sie zu Gerd. „Kümmere dich gefälligst darum", brummte er, „wenn die Scheine am Dienstag nicht da sind, sehe ich rot."

Trotz Ernas guter Vorsätze war der Abend mit Gerd, die nächste Nacht und das morgendliche Frühstück noch eine harte Belastungsprobe. Zwar war er wie immer vor dem Fernseher eingeschlafen und stolperte erst ins Schlafzimmer, nachdem der angefangen hatte zu flimmern, aber Erna schlief diese Nacht nur häppchenweise. Immer wieder schreckte sie hoch.

Kaum hatte Gerd nach dem Frühstück das Haus verlassen, da riss sie den bereits gepackten Koffer aus dem Schrank, stopfte den Mantel hinein und schloss ihn. Dann zog sie das heimlich gekaufte Kostüm aus dem Versteck und schlüpfte hinein. Als die Chefin klingelte, erschrak sie so sehr, dass sie sich einen Moment hinsetzen musste, bis sich das wild schlagende Herz beruhigt hatte. Sie rannte mit dem Koffer die Treppe hinunter. Schneller und immer schneller, dann blieb sie direkt in der Kurve hängen. Sie klammerte sich an ihren Koffer, der zog sie nach unten, sie stolperte, fing sich wieder, aber die Schuhe mit den hohen Absätzen, die sie nicht gewohnt war, brachten sie schließlich doch zu Fall. Sie knickte um, ließ endlich den Koffer los, der hinunter polterte und sie knallte auf den Boden. Der Kopf flog nach vorn. Sie krallte sich am Treppengeländer fest. Der weitere Absturz war vermieden. Alles ist aus, dachte Erna und blieb benommen sitzen. Sie hörte die Klingel. Die Chefin hatte anscheinend auf alle Klingelknöpfe gedrückt. Erna zog sich am Geländer hoch und setzte sich wieder auf den Hintern. „Ich kann nicht, doch ich muss hoch." Die Hand am Treppengeländer gelang es ihr schließlich, die letzten Treppen hinunter zu kommen und dann ins Auto zu humpeln.

Die Chefin raste zum Unfallarzt. Natürlich war das Sprechzimmer brechend voll. Die Warterei war unerträglich, aber dann ging alles sehr schnell. Der linke Fuß und die rechte Hand waren verstaucht. Die Schwester versah beide mit einem festen Verband und der Arzt drückte ihr eine Schachtel Schmerztabletten in die Hand.

„Halten Sie sich eine Woche ruhig, dann ist alles vergessen", sagte er. „Und für die Zukunft: in Ihrem Alter sollten Sie keine Schuhe mit hohen Absätzen mehr tragen."

Der Abschiedstrunk im Büro fiel aus. Erna bestand darauf, zum Flughafen gefahren zu werden. „Seien Sie nicht verrückt", flehte die Chefin, „fahren Sie eine Woche später." „Eine Woche später habe ich kein Geld für das Ticket. Und außerdem noch sieben Tage mit Gerd, nein, und wie sollte ich ihm den gepackten Koffer erklären." „Trotzdem, das ist doch verrückt" „Ich fliege auf jeden Fall und wenn das das Letzte ist, was ich mache. Den Fuß kann ich auch dort auskurieren." Die Chefin begriff, hier war nichts zu machen. Also fuhr sie zum Flughafen. Sie waren spät dran. Unterwegs kümmerte sie sich um einen fahrbaren Untersatz. „Quatsch", sagte Erna. „Nichts Quatsch, wir werden rennen müssen." Aber dann klappte doch alles.

Die Chefin drückte ihr noch einen Hunderter für das Taxi nach der Ankunft in die Hand. Eine Stunde später saß Erna im Flugzeug nach Mallorca, ihre Handtasche mit ihren Ersparnissen und den Adressen fest an sich gedrückt, ein wenig sediert von den Schmerzmitteln, ziemlich aufgeregt, aber doch ganz zufrieden. Die Chefin machte sich Sorgen auf ihrem Rückweg. „Wie soll das alles gutgehen? Was habe ich ihr da eingebrockt? Ich hätte mich nie einmischen sollen!"

Drei Wochen später bekam sie eine Karte: Alles in Ordnung. Schreibe bald ausführlich – Ihre dankbare Erna.

# Das alte Märchenbuch

Es gab einmal ein altes, schäbiges, dickes Märchenbuch mit all den bekannten und unbekannten Märchen, mit Bildern, so schön und so lebendig, dass man darauf wartete, zu sehen, wie die Figuren aus dem Buch herausspringen und die Märchen vorspielen würden.

Unzählige kleine und große Hände hatten schon oft aufgeregt in dem Buch geblättert. So häufig war es schon gelesen oder vorgelesen worden, dass nur der braune speckig gewordene Ledereinband noch heil war. Das Innere befand sich in einem schrecklichen Zustand. Seiten waren zerknickt und zerknittert, aber nicht genug damit, Seiten waren heraus gerissen und wieder eingeklebt, wieder herausgerissen und schließlich von dem letzten liederlichen Besitzer achtlos irgendwo hineingelegt worden. So lag Seite hundertdrei neben Seite fünfunddreißig und vier neben einunddreißig. Nur bei einigen wenig gelesenen Märchen gab es noch Anfang und Ende. Die meisten Bewohner des Märchenbuchs hatten vergessen, in welchem Märchen sie zu Hause waren. So stand Aschenputtel traurig vor dem Hexenhaus, Dornröschen hilflos neben Zwergnase und der kleine Muck plauderte mit Hans im Glück. Aber diese kannten noch ihre Namen und ihre Geschichte und hofften zu ihrem Märchen zurückzufinden. Aber unzählige Prinzessinnen, Schäfer, Gänsehüterinnen und Prinzen erinnerten sich weder an ihre Namen, noch an ihre Geschichte. Mal waren sie dahin, mal dorthin gesteckt worden und sie forschten verzweifelt nach ihrer Herkunft.

So geschah es, dass eines Tages wieder zwei Blätter achtlos in das Märchenbuch geschoben wurden und eine Prinzessin und ein Prinz, die beide lange durch das Buch geirrt waren, landeten erschöpft nebeneinander. Die Verfassung des Prinzen spiegelte seinen letzten Aufenthalt im Eispalast wider. Die strenge Kälte hatte ihm die Seele gekühlt. Mutlos und traurig versuchte er sich zu erinnern, wie er seine Heimat und seine Geschichte finden könne und manchmal zweifelte er, ob er wirklich ein Prinz sei, oder vielleicht ein Räuber oder sogar ein Schweinehirt. Er hatte die Zeit, bevor er im Eispalast wohnte vergessen, doch erinnerte er sich vage an das danach, irgendwann waren ihm Hänsel und Gretel und der gestiefelte Kater einmal begegnet. Wohin hatte man ihn jetzt nur geschoben? Ihn fröstelte.

Die Prinzessin hatte ebenfalls eine beschwerliche Reise hinter sich. Eine Weile hatte sie in einem Moor mit einem grobschlächtigen Ungeheuer verbracht, dann lebte sie neben Räuberhöhlen, in verwunschenen Gärten und in wunderbaren Schlössern. Sie erinnerte sich ebenso wenig an das Märchen zu dem sie gehörte wie der Prinz. Und sie glaubte ebenso wie er, sie würde ihr Märchen schon erkennen, wenn sie in dessen Nähe gelänge. So grübelten und träumten die beiden vor sich hin, ohne zu erkennen, an welchen Ort und in welche Nachbarschaft sie geraten waren. Eines Tages schüttelte die Prinzessin ihre immer sich im Kreise drehenden Gedanken ab, sah um sich, und entdeckte den Prinzen. Nanu, dachte sie, wer ist er? Ein Prinz? Vielleicht ein verzauberter oder ein verkleideter? Sie schaute ihn an und wartete darauf, dass er sie entdeckte. Doch der Prinz, in Gedanken versunken, bemerkte sie nicht. Sie räusperte sich. Er rührte sich nicht. Da wurde die Prinzessin sehr wütend, obwohl sie wusste, dass sich das nicht gehörte.

„Hallo du da", rief sie ihm zu. Der Prinz bemühte sich, seine Träume abzuschütteln und die Augen aufzureißen. „Wer bist du? Wo kommst du her?" „Ich weiß es nicht." „Und du?" Der Prinz, dem seine kühle Seele noch zu schaffen machte, starrte einen Moment ins Leere, aber dann erzählte er der Prinzessin vom Eispalast. Die Prinzessin lauschte neugierig seinen Worten, sich immer noch fragend, ist er nun ein Prinz oder nicht, und sie wurde sehr traurig, als sie spürte, wie sehr seine vereiste Seele litt. Sie seufzte tief und schwieg. Doch dann begann sie ebenfalls von ihrer langen Reise durch das Märchenbuch zu erzählen. So kehrte in dem alten Märchenbuch zwischen den Seiten zweihundertsieben-neunzig und vierhundertachtzehn ein leiser Frieden ein.

Die Wanderungen der beiden durch das Märchenbuch hatten viele Jahre gedauert, so vergingen die nächsten Tage mit dem Erzählen ihrer beiden Abenteuer, soweit sie sich erinnerten, wie im Flug. Sie plauderten sehr vertraut miteinander und die Prinzessin, neugierig und kess wie Prinzessinnen eigentlich nicht sein sollten, setzte sich etwas näher zu dem Prinzen, er aber rückte ein Stückchen weg. Ganz unauffällig rückten sie während sie miteinander sprachen mal dahin, mal dorthin, blieben aber immer gleich weit voneinander entfernt. „Nun", dachte die Prinzessin grimmig, „vielleicht ist er doch nur ein gewöhnlicher Mensch und kein Prinz."

Des Prinzen Seele erwärmte sich durch die ruhevollen Tage. Er betrachtete die Prinzessin oft lange und überlegte, wer sie wohl sei. So vergingen viele Tage. Der Wunsch, sich der Prinzessin ein wenig zu nähern, kam ganz unversehens und der Prinz rückte erschrocken etwas von ihr ab. Aber nach und nach wagte er Schrittchen für Schrittchen den Abstand zu ihr zu verkürzen. Die Prinzessin wurde ganz aufgeregt, als er plötzlich vor ihr stand, und schlug verlegen die Augen nieder. Der Prinz dagegen erstarrte. Die Prinzessin veränderte sich plötzlich. Ihr Körper war von hässlichen kleinen Spinnen bevölkert, die sie unentwegt bissen und kleine Stücke aus dem Fleisch rissen. Die Prinzessin blutete aus hundert Wunden und ihre Arme waren fast abgenagt. Erschrocken trat der Prinz einige Schritte zurück, kniff die Augen zu und als er sie endlich wieder öffnete, sah die Prinzessin so schön aus, wie zuvor, ein wenig errötet, schaute sie ihn verwundert an.

„Ich muss geträumt haben", sagte sich der Prinz und mutig ging er noch einmal auf sie zu, aber sogleich geschah dieselbe Verwandlung mit ihr, die Spinnen krabbelten überall wo sie unbedeckt war. Er ging schnell weg von ihr, und sie sah aus wie zuvor. Er versuchte es die nächsten

Tage noch einige Male, aber sobald er direkt vor ihr stand, geschah diese schreckliche Verwandlung mit ihr. Der Prinz setzte sich wieder ein ganzes Stück von der Prinzessin entfernt nieder und geriet in eine düstere Stimmung. Die Prinzessin tippelte nervös um ihn herum. Sie ahnte, irgendetwas war ihm zugestoßen, aber was und wie?

Schließlich, nachdem sie doch nach so langer Zeit sehr vertraut miteinander geworden waren, fasste sich der Prinz ein Herz und erzählte der Prinzessin, was ihm geschah, wenn er sich ihr näherte. Die Prinzessin hatte schon viel erlebt auf ihrer Reise durch das Märchenbuch, sie dachte sofort an Hexerei. Sie wusste genau, auf ihr lag kein böser Zauber, also musste er auf dem Prinzen liegen. Sie sann lange darüber nach, wie man den Prinzen entzaubern könne. Die sieben Brüder fielen ihr ein, die in Schwäne verwandelt worden waren und deren Schwester sieben Hemden aus Brennnesseln gewebt hatte, um ihnen ihre frühere Gestalt wiederzugeben. Sie erinnerte sich an die Nachtigall, die so wunderschön sang und den König vor dem Tod rettete. Sie hoffte, wenn sie drei schwere Fragen beantworten könnte, wäre der Prinz befreit. Aber letztlich konnte sie kein Mittel finden, um den Prinzen zu heilen.

So lebten sie nebeneinander, plauderten miteinander und taten fröhlich und achteten darauf, sich nicht zu nahe zu kommen. Aber das schreckliche Bild, von den Spinnen, die die Prinzessin auffraßen, stand zwischen ihnen. Die Prinzessin sah es in seinen Augen.

Beide fühlten, ohne es voneinander zu wissen, den Wunsch, wieder in ihr eigenes Märchen zurückzukehren. Der Prinz dachte Tag und Nacht daran, während die Prinzessin nur zögerlich den Gedanken hegte, sich wieder auf die Suche zu machen. Die unachtsame Hand, die immer wieder auftauchte und für Verwirrung in dem Märchenbuch sorgte, ließ nicht lange auf sich warten. Sie stieß beim Abstauben der Bücher an das Märchenbuch und es stürzte aus dem Regal. Viele Blätter wurden bei dem Fall herausgeschleudert und lagen nun auf dem Boden. Die Hand hob das Buch und die Blätter auf und steckte sie achtlos zwischen verschiedene Seiten. Der Prinz wurde zwischen die Zauberfee und Schneewittchen gesteckt. Das Blatt der Prinzessin war etwas weiter gerutscht und blieb ganz still liegen. Dann fasste sie einen kühnen Entschluss. Sie gab sich selbst einen Schubs und verschwand unter dem Teppich. Nach einigen Tagen wurde sie entdeckt und in irgendein Buch gesteckt.

Ah, wo bin ich denn, sagte die Prinzessin, horchte und schnupperte, keine Märchen mehr. Sie verlor noch einige Tränen und schlief schließlich in ihrem neuen Buch ein. Als sie erwachte, sah sie sich um, erinnerte sich wo sie war, sie begann die Seite, in die sie gerutscht war, zu lesen, da wurde das Buch aus dem Regal genommen, jemand öffnete es und eine Stimme sagte: „Na, wen haben wir denn da? Du gehörst doch nicht hierher!?" Es war eine dunkle weiche Stimme. Die Prinzessin bebte vor Glück. Diese Stimme, das wusste sie, gehörte demjenigen, der sie wieder an ihren Platz im Märchenbuch bringen würde.

## Der große Bruder

Patrick schlenderte, den schweren Ranzen auf seinem schmalen Rücken, in Richtung Schule. In seiner Hand ein abgebrochener Ast, mit dem er den Zaun zu seiner Rechten streifte, dann warf er den Ast auf die Erde und hüpfte, mit dem linken Fuß auf der Straße und dem rechten Fuß auf dem Gehsteig seines Schulwegs, bis er auch dieses Spiels müde wurde. Vor einem halben Jahr war Patrick mit seiner Familie in ein Reihenhaus am Rande der Stadt gezogen. Patrick wollte nicht mit umziehen, seine Freunde verlassen, seine Spielplätze, seine alte Schule, nein, er hatte null Bock auf dieses neue Zuhause. Gut, er bekam endlich ein eigenes großes Zimmer, indem er sich ausbreiten konnte, musste nicht mehr in der engen Kammer schlafen und seine Hausaufgaben am Wohnzimmertisch erledigen. Trotzdem würde er liebend gerne zurückgehen.

Niemand ahnt, wie sehr er die neue Schule hasst. Die älteren Schwestern besuchen bereits das Gymnasium. Der Vater hatte ihn auf seinem ersten Schultag begleitet, und kurz mit dem Lehrer gesprochen, es schien ihm alles in Ordnung zu sein. Vielleicht war es ja der Lehrer, der alles, sicher unabsichtlich, eingeleitet hatte. Bei der Rückgabe der Klassenarbeit mit dem Thema: Der lange Weg des Mains, gab er Patricks Aufsatz mit den Worten zurück. „Da haben wir ja einen kleinen Intellektuellen in unserer Mitte, sehr gut, nur mit der Rechtschreibung hapert es noch ein wenig."

Niemand wusste genau was ein Intellektueller ist, aber es musste ein Lob sein, sonst hätte Patrick keine eins minus bekommen. Auch in den übrigen Fächern bekam er immer gute Noten, ohne sich groß anzustrengen.

Mit dem Wort Streber, das ihm in der Pause nachgerufen wurde, begann es. Es lief in kleinen Schritten langsam aus dem Ruder, sie riefen ihm Worte wie Zwerg, Schwächling, später Schwuchtel, Pisser, Homo nach und während des Unterrichts beschossen sie ihn mit Papierkugeln, wenn der Lehrer an der Tafel stand oder schubsten seinen Ranzen den Gang entlang. Nach drei Monaten rissen sie ihm zum ersten Mal sein Pausenbrot aus der Hand und warfen es in den Dreck. Vor allem ein Junge namens Karl tat sich hervor, er hatte Patrick zu seinem größten Feind erkoren. Karl, fast zwei Köpfe größer als Patrick, einmal hängen geblieben, nicht nur wegen schlechter Noten, auch wegen ständigen Fehlens. Als das Pausenbrot zum zweiten Mal auf die Erde flog und Karl dann auch noch darauf herumtrampelte, ging Patrick zu Karl und sagte leise: „Ich habe einen großen Bruder, der ist Boxer, wenn du das noch einmal machst, werde ich ihm sagen, er soll mich mal von der Schule abholen." Karl schluckte, er hasste Patrick, schon wegen seiner Sprache. Konnte er nicht sagen: „dann verhaut er dich?" Nein, dann wird er ihn von der Schule abholen.

Karl vergriff sich nicht mehr an dem Pausenbrot. Aber er hielt es nicht lange aus. Zwei Wochen später riss er ihm die Schultasche von der Schulter und verstreute Bücher und Hefte auf der Straße. Dieses Mal hatte Patrick Glück. Ein kräftiger älterer Mann, der das beobachtet hatte, erwischte Karl am Kragen und zwang ihn, Bücher und Hefte einzusammeln. „Und du", sagte er streng zu Patrick, „du musst mehr Sport treiben, damit du dich selber wehren kannst." Dann drehte er sich um und ging weiter. Karl wollte auf Patrick los. Der sagte lächelnd: „Denk an meinen Bruder." „Wie alt ist der denn?" „Sechzehn." „Und so ein Streber wie du?" „Ja, besonders beim Boxen, da ist er richtig gut." Patrick wusste von wem er sprach. Es gab keinen Bruder, aber einen Nachbarjungen, groß und ziemlich kräftig. Patrick beobachtete ihn seit Wochen, wenn er im Nachbargarten turnte. Schon am frühen Morgen hörte er das leise Aufschlagen des Seils, wenn der Junge damit sprang. Er hüpfte von einem Bein auf das andere, dann tanzte er das Seil schwingend einmal die Gartenwege entlang. Er trainierte eine halbe Stunde, ohne einmal innezuhalten. Am späten Nachmittag sah Patrick ihn, wenn er auf der Matte turnte, auf den Händen durch den Garten spazierte oder sich mehrfach hintereinander überschlug. Er hatte nie mit ihm gesprochen. Die Erwachsenen der beiden nebeneinander stehenden Häuser nickten grüßend, wenn sie sich trafen, die Schwestern kicherten manchmal über ihn.

Es war höchste Zeit, etwas zu unternehmen, bevor Karl oder die anderen nicht auf dem Brot sondern auf ihm herum trampelten. Patrick grübelte tagelang darüber, sollte er die Eltern bitten, mit dem Lehrer zu sprechen oder er selbst mit dem Nachbarn? Das zweite wäre effektiver. Er musste lachen, er traute sich schon in der Schule nicht mehr, Fremdwörter zu gebrauchen. Er hatte sie von Kindheit an gehört und selbst benutzt, auch wenn er sie anfangs oft nicht verstand. Also was tun? Seine Schüchternheit stand ihm im Weg. Es gab nur eine Handvoll Schüler, die ihn mobbten, die anderen übersahen ihn einfach. Also stellte er sich seufzend an den Gartenzaun kurz bevor der Turner sein Training beendete.

„Hey, was willst du?" Der Junge rollte seine Matte zusammen. „Mit dir reden." Er packte sie unter den Arm, machte einige Schritte auf das Haus zu, drehte sich um. „Mhm und was?" „Das ist nicht so leicht, weil ich dich um was bitten möchte." Der Junge kehrte ein Stück zum Zaun zurück. „Und was?" „Ich wollte dich fragen, ob du mich mal von der Schule abholen kannst, sozusagen als mein großer Bruder."

Der Junge lies die Matte fallen. „Willst du mich auf den Arm nehmen?" „Nein, bestimmt nicht. Aber du bist stark und sie sind fünf oder sechs und größer als ich." „Ach so ist das. Und wie kommst du auf mich." „Ich schau dir manchmal zu. Und den Schlägern hab ich gesagt, du bist ein Boxer." Der Junge lachte laut. „Ich bin kein Boxer. Ich bin Turner." „Ach so." „Schlag es dir aus dem Kopf. Für so was hab ich keine Zeit. Sprich mit dem Lehrer." Der Junge hob die Matte auf und ging ins Haus.

Patrick blieb wie angewurzelt stehen und starrte in die Luft. „Scheiße", sagte er leise. „Scheiße, Scheiße." Seine Mutter rief ihn. Er trottete langsam ins Haus. „Musst du keine Hausaufgaben machen?" „Hab schon alles gemacht."

Am nächsten Morgen fehlte ihm jede Energie um aufzustehen. Die Mutter hatte schon dreimal an seine Tür geklopft. Er zog sich lustlos an, aß ein halbes Brot und trottete in die Schule. Das Trödeln auf dem Weg verhinderte nicht das Ankommen. Er zermarterte sich das Hirn, um einen Ausweg zu finden. In den letzten vier Wochen vor den großen Ferien könnte es noch einen heftigen Zusammenstoß mit Karl und den fünf anderen geben. Er musste einen Weg finden, da rauszukommen.

Nach der letzten Stunde bat ihn der Lehrer, noch einen Moment zu bleiben. Das kam gar nicht gut an bei der Bande, denn den Streber würde der Lehrer nie bestrafen.

„Was ist mit dir los? Ich habe heute kein einziges Wort von dir gehört. Gibt es Probleme?" „ Nein, nein. Ich hab nur schlecht geschlafen." „Also geh heute früh ins Bett. Dann rechne ich morgen wieder mit deiner Mitarbeit." Patrick verließ das Klassenzimmer, setzte sich auf die Treppe, er würde noch eine Viertelstunde warten, dann wären sie alle weg. „Noch ein Jahr bis ich aufs Gymnasium komme, halte ich das nicht aus", dachte er. Da kam ihm die Idee, eine Lösung, zumindest für das folgende Schuljahr.

Er war so gut drauf die nächsten Tage, dass Karl und die anderen befürchteten, irgendwo hätte sich der große Bruder versteckt. Patrick hatte sich gut vorbereitet, hatte ein Gymnasium ausgesucht, das er schnell erreichen konnte, mit Schwerpunkt Mathematik, Physik und natürlich nicht das seiner Schwestern. Montagmorgen blieb er im Bett, er behauptete, ihm sei speiübel. Er wartete bis alle das Haus verlassen hatten. Dann zog er sich rasch an, seine beste Hose, ein neues Hemd, geputzte Schuhe. Er war nicht besonders groß für sein Alter, aber er konnte sich sehen lassen, fand er. Im Sekretariat des Heinrich-Heine-Gymnasiums schaute ihn die Mitarbeiterin erstaunt an. „Du willst den Direktor sprechen? Bist du verwandt mit ihm?" „Nein, bin ich nicht." „In welcher Angelegenheit dann?" „Das will ich ihm selbst sagen." „Das geht so nicht." „Es ist aber dringend und lebenswichtig." „Na gut, ich frage ihn."

Als Patrick vor dem Direktor stand überkam ihn ein winziges Zittern, sein Mund wurde trocken, er fuhr sich durch die Haare, schluckte, dann begann er zu sprechen.

Er erwähnte mit keinem Wort Karl und seine Bande, er behauptete, er würde sich langweilen in der Schule, er sei auch ein Jahr später in die Schule gekommen, da konnte er längst lesen und schreiben, das hieß, er wäre nicht jünger als die anderen, und er würde hart arbeiten, um mitzukommen.

Patrick ist intelligent, aber kein Wunderkind, das wusste er, aber er tat ein wenig so, als wäre er eins. Der Direktor lächelte. Er durchschaute ihn und bewunderte seinen Mut. „Wissen deine Eltern von deinen Plänen?" Patrick wurde rot. „Nein, noch nicht." „Also gut, falls deine Eltern einverstanden sind, werden wir dich in der letzten Woche vor den Ferien hier im Haus prüfen. In zwei Fächern schriftlich, in den anderen mündlich. Falls du bestehst, bist du hier willkommen."

Patrick tanzte nach Hause. Am Abend erzählte er es der Familie. Die Eltern starrten ihn sprachlos an. Nach einer Pause fragte der Vater: „Wie bist du auf diese verrückte Idee gekommen?" Und die Mutter: „Warum hast du nicht mit uns darüber gesprochen?"

„Ihr hättet euch eingemischt. Das hätte nichts verändert." „Was denn?" „Ach lassen wir das." „Was? Ich frage dich nicht noch einmal." „Sie haben mich gemobbt." „Was? Ich werde mit dem Lehrer sprechen." „Dann gehe ich nicht mehr in die Schule." „Das haben immer noch wir zu entscheiden." „Dann müsst ihr mich fesseln, knebeln und hintragen."

„Was soll das?" „Du machst es nur schlimmer. Der Lehrer wird mit ihm sprechen. Aber sie werden ihn nicht wegsperren. Niemand wird mich beschützen. Auch du nicht." „Das kann doch nicht dein Ernst sein." „Doch. Warum wollt ihr nicht, dass ich nächstes Jahr schon aufs Gymnasium gehe?"

Die Eltern schauten sich an. Der Vater lächelte. „Also gut, wenn du die Prüfung bestehst." Patrick grinste. Er hatte gewusst, sie würden nachgeben.

Am Montag nach der Schule hatte Karl irgendwas ausgeheckt. Patrick spürte es. Er war unsicher, sollte er los rennen oder einfach in der Schule bleiben. Er ging zögerlich über den Hof. Die meisten Kinder waren schon weg. Dann lief er schnellen Schrittes weiter. „Hey, hiergeblieben", rief Karl hinter ihm her. Er war nicht allein, noch drei aus der Klasse standen grinsend neben ihm.

Patrick lief weiter. Karl schrie: „Pass auf! Wir kriegen dich. Wo ist denn dein blöder Bruder?"

„Hier", sagte eine dunkle Stimme. Karl und Patrick drehten sich um. Da standen sie, vier große Jungs.

„Hallo, kleiner Bruder", sagte der Nachbarsjunge, „sind das deine Mitschüler?"

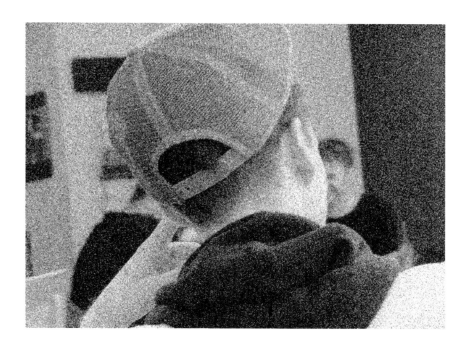

# Freitag, der Bewerbungstag

Ich bin allein zu Hause. Meine Frau hat mit der Kaffeetasse in der Hand ihre Sachen zusammengesucht. Dann hat sie mir die Tasse in die Hand, und einen Kuss auf die Wange gedrückt – und weg war sie. Früher haben wir gemeinsam das Haus verlassen und ich habe sie auf dem Weg zu meiner Arbeit in ihrem Büro vorbei gefahren. Als die Kinder klein waren, ist sie zu Hause geblieben. Die Kinder sind auch weg, ich habe die Tür schlagen hören. Die beiden jüngeren wohnen immer noch in unserem Haus im Parterre. Sie haben einen eigenen Eingang. Die Älteste lebt in einer anderen Stadt. Die große Küche unten, einst für fünf Personen geplant, müssen wir uns teilen. Wir haben uns oben eingerichtet. Ich kann die Kinder nicht mehr unterstützen, seit ich arbeitslos bin. Wir haben lange darüber nachgedacht, dass Jörg und Anne hier bei uns wohnen, solange sie studieren – ist die beste Lösung.

Die Leute sagen, die Leute, also Nachbarn, Bekannte, Verwandte, also sie sagen: dir geht's es doch nicht so schlecht. Es hat dich spät erwischt, du bist mit neunundfünfzig arbeitslos geworden, deine Frau hat dich nicht verlassen, deine Kinder sind vernünftig und du bist kein Säufer geworden! Was soll ich dazu sagen?

Ich räume das Frühstücksgeschirr in die Maschine, bringe die Küche in Ordnung. Dann gehe ich nach oben, lüfte das Schlafzimmer, mache die Betten, bringe die Wäsche in den Keller und stecke sie in die Maschine. Danach fahre ich mit dem Staubsauger durch die Räume und die Treppe hinunter. Die Mülltonnen werden heute abgeholt, ich bringe sie raus auf die Straße. Ich bleibe ein wenig draußen stehen und schaue mich um. Ich bin neugierig geworden, was in unserer kleinen Straße in den Einfamilienhäusern mit ihren handtuchgroßen Gartenstücken dahinter täglich passiert. Ich bin der Gärtner hier in unserem Haushalt und anfangs habe ich mich nur für die Bepflanzungen unserer Nachbarn interessiert. Aber mittlerweile registriere ich auch, wer nicht pünktlich zur Arbeit fährt, wer wen besucht und welcher Lärm und welche Musik aus den Fenstern klingt. Links, schräg gegenüber, wohnt Frau Z. Ihr Mann ist vor einem Jahr gestorben. Wir dachten, sie bringt sich um, so leidenschaftlich hat sie getrauert. Dann ist sie schön geworden, schlank und aufregend, vom alltäglichen Entchen zum strahlenden Schwan, und das mit Mitte vierzig. Mittlerweile bekommt sie regelmäßig Besuch von zwei Herren. Dienstags und donnerstags fährt ein blauer Opel vor, ein sportlicher dynamischer Endfünfziger springt heraus. Am Samstagvormittag steigt ein schneller Schatten aus dem Taxi, der das Haus erst wieder am Sonntagabend verlässt.

Viel Freude machen mir die beiden Youngsters hier in der Straße. Die Brüder haben das Häuschen von ihren Eltern geerbt. Sie sind noch keine vierzig und sie bringen ein wenig

Leben in die Straße. Zu ihrem legendären Sommerfest ist die ganze Nachbarschaft eingeladen.

Gegen zwei Uhr erwarte ich meine Frau. Wir essen eine Kleinigkeit zusammen. Zum Abend wird sie kochen. Ich persönlich koche nie, ich will und ich kann nicht. Sie legt sich eine Weile auf das Sofa. Später geht sie zur Krankengymnastik. Sie ist gesundheitlich ziemlich angeschlagen. Nach ihrem Bandscheibenvorfall arbeitet sie nur noch halbe Tage. Es könnte auch anders sein, wenn ich noch arbeiten würde und sie keine Probleme mit dem Rücken hätte, wären wir vielleicht geschieden worden, nachdem sich die Leere in unsere Ehe eingeschlichen hatte. Aber so brauchen wir uns gegenseitig. Nachmittags bin ich außer Haus, dienstags und donnerstags gebe ich einem türkischen Jungen Unterricht in Mathe. Montags und mittwochs repariere ich irgendwas für Freunde und Nachbarn – vom Kinderbett bis zum Computer, vom Rasenmäher bis zum Fahrrad. Geld bekomme ich von keinem. Entweder sie haben mir eine Flasche Hochprozentigen angeboten oder so herumgedruckst, „ich will dir ja kein Geld anbieten, aber kann ich sonst was für dich tun?" Da habe ich eine Liste gemacht von Werkzeugen, die ich brauche und gesagt, ihr könnt meine Werkstatt komplettieren, wenn ihr mir etwas Gutes tun wollt. Vielleicht kann ich irgendwann wirklich Geld mit meinen geschickten Händen verdienen.

Abends nach dem Essen sitzen wir zusammen. Meine Frau erzählt von der Arbeit, dem Stress, den Kollegen und ihren

Fortschritten bei der Gymnastik und ich berichte manchmal davon, was so alles auf unserer Gasse passiert.

So verbringen wir die Woche. Wir sind wieder näher zusammengerückt, meine Frau und ich, seit wir eine Art Notgemeinschaft gegründet haben. Ob es für das gemeinsame Altwerden reicht, weiß ich noch nicht. Am Wochenende gönnen wir uns häufig kleine Ausflüge in die nähere Umgebung.

Aber vielleicht wäre alles gut, wenn der Freitag nicht wäre. Er unterscheidet sich von den übrigen Tagen. Freitag ist mein Bewerbungstag. Zehn Bewerbungen muss ich jeden Monat schreiben, damit mir das Arbeitslosengeld nicht gekürzt wird. Bevor ich meine Arbeit verlor, bin ich nach einem Unfall fast zwei Jahre lang häufig krankgeschrieben worden. Jetzt bin ich wieder fit. Aber wer glaubt mir das schon. Ich vermute, man wird sich bei meiner alten Firma nach mir erkundigen. Jeder weiß es, ich bekomme mit bald sechzig Jahren keine Arbeit mehr. Ich weiß es, meine Frau, meine Kinder, meine Freunde, die Mitarbeiter des Arbeitsamtes, die Politiker – jeder weiß es. Trotzdem, die Bewerbungen müssen sein. Das ist es, was mich vielleicht eines Tages wirklich verrückt macht.

Ein kleiner Raum im Dachgeschoss mit einem Oberlichtfenster zur Straße ist mein Büro geworden. Das Mobiliar besteht aus einem alten Schreibtisch – er war mal der Jugendschreibtisch unserer Großen – einem Aktenschrank und einem Drehstuhl und selbstverständlich einem PC mit einem alten bauchigen Bildschirm und dem Drucker. Und dann fängt mein Bewerbungsmarathon am Freitagnachmittag an, wenn ich die Zeitungen mit den Anzeigen abhole. Bis ich wieder zurück bin, ist niemand mehr im Haus. Ich habe darum gebeten. In diesen Stunden muss ich für mich allein sein. Die Familie hat segenswerterweise Verständnis. Meine Frau trifft sich mit ihrer Freundin und die Kinder sind irgendwo unterwegs. Ich bin sicher, sie kommen alle erst spät nachts zurück. Ich könnte nicht arbeiten, wenn ich irgendein Geräusch von Leben in unserem Haus hören würde, während ich mich mit meinen Bewerbungen plage.

Ich setzte mich in die Dachstube, es ist noch hell, an schönen Tagen scheint ein wenig Sonne durch das Fenster herein. Dann schlage ich die Anzeigenseite der ersten Zeitung auf. Ich weiß was passieren wird, trotzdem erschreckt es mich jeden Freitag aufs Neue. Statt der Buchstaben kriechen mir Würmer entgegen. Sie haben die Form von Buchstaben und sie bewegen sich und ich kann sie nur schwerlich lesen. Ich setze die Brille auf und ab und konzentriere mich, um, wenn dieses schleimige Viehzeug einen Moment ruhig hält, die Zeichen zu erkennen. Ich hocke Stunden da, um das Gewürm zu entziffern und dann ist die Ausbeute mager. Ich schneide die entsprechenden Anzeigen aus, die Würmer stört das nicht, und lege sie auf die Seite. Dann schalte ich den Computer ein und suche dort in den verschiedenen Portalen. Erfreulicherweise halten hier die Worte ruhig, aber immer wieder taucht blitzartig ein Gesicht auf, eine scheußliche Maske, begleitet von einem hässlichen Gelächter. Es ist eine Abwechslung zu den Würmern, obwohl es mich immer wieder schaudert. Trotzdem halte ich durch. Auch hier ist die Ausbeute dürftig. Na ja, so kann man das auch nicht sagen, es gäbe mehr Unternehmen, die einen Mann mit meinen Qualifikationen dringend bräuchten, aber mein Alter steht im Weg. Sie wünschen sich einen jungen Mitarbeiter um die dreißig, also muss ich diese Firmen aussortieren. Dann hole ich meine Aktenordner, es sind inzwischen drei, und schaue nach, bei welchen Firmen ich mich bereits beworben habe. Manche Unternehmen lassen ihre Anzeigen monatelang laufen, finden sie keinen? Oder wollen sie gar keinen? Ist es eine Form der Werbung? Oder wollen sie uns Suchenden nur verarschen? Ich weiß es nicht. Ich bewerbe mich aber auf jeden Fall kein zweites Mal bei derselben Firma. Ich finde die entsprechenden Namen rasch, denn sie sind nach dem Alphabet geordnet. Aber alle Absagen, also die Anschreiben, die ich immer mit meinen Unterlagen zurückbekommen habe, befinden sich in einem Zustand der Verwesung. Sie stinken fürchterlich nach faulen Eiern. Ich bin immer sehr hektisch bei dieser Tätigkeit, weil ich sie schnell hinter mich bringen muss, denn meistens muss ich danach kotzen. Ich wanke, nachdem ich mich ausgespuckt habe, vom Bad direkt vor die Haustür und atme ein paarmal tief aus und ein.

Netterweise hat meine Frau mir für den späten Nachmittag Kaffee und Kuchen vorbereitet. Ich gehe also in die Küche und erhole mich ein wenig beim Kaffeetrinken. Manchmal, wenn ich so eilig ins Badezimmer rannte, habe ich vergessen die Akten wegzuräumen und es stinkt immer noch schaurig, wenn ich zurückkomme. Dann lüfte ich und mache derweil einen kleinen Spaziergang. Man könnte jetzt sagen, ich mache das unbewusst absichtlich. Ich würde das nicht unbedingt abstreiten, obwohl ich keineswegs sicher bin. Der Spaziergang, bei dem ich beobachte, was bei den Nachbarn so um diese Zeit passiert, heitert mich etwas auf. Aber wie dem auch sei, irgendwann muss ich weitermachen.

Auf jeden Fall ist, nachdem ich die entsprechenden Firmen aussortiert habe, mein Stapel sehr klein geworden. Jetzt geht es darum, die Bewerbungen zu schreiben.

Das erste halbe Jahr nach meiner Entlassung war ich ein begeisterter Bewerbungsliterat. Würde es Preise für die besten Bewerbungsanschreiben geben, ich hätte sicherlich schon mehrere eingeheimst. Ich habe die Firmenbeschreibungen im Internet und in den Broschüren verschlungen, sie wieder und wieder gelesen. Ich habe mich in sie hineingedacht und hineingefühlt. Ich habe mir die Wünsche und Anforderungen der jeweiligen Firma erarbeitet und auf Grund ihrer eigenen Selbstdarstellung am Ende einen Brief zusammengebastelt, den sie hätten selbst nicht besser schreiben können. Das hat natürlich sehr viel Zeit in Anspruch genommen. Damals hatte ich Freitag und Samstag für die Bewerbungen reserviert und auch unter der Woche oft über bestimmte Formulierungen nachgedacht. Eines Tages ist klar geworden, dass ich keine Chance mehr habe und schlagartig hat mein Eifer nachgelassen.

Folgendes war passiert: Ich hatte bei einer Firma angerufen, um nach meinen Unterlagen zu forschen. Ich habe einen schlechtgelaunten Personalchef erwischt. Ich fragte nach meinen Unterlagen und er bellte zurück: „Es muss Ihnen doch klar sein, dass Sie in Ihrem Alter mir nur meine Zeit stehlen, wenn Sie sich bei uns bewerben." Ich war geschockt. Ich habe es nie jemandem erzählt. Ich habe mich geschämt und ich bin nicht sicher, ob für ihn oder für mich. Heute verschicke ich fast immer denselben Text mit höchstens minimalen Veränderungen. Eigentlich muss ich durch die Segnungen, die der Computer mit sich gebracht hat, nur den Briefkopf und ein bis zwei Kleinigkeiten neu eingeben. Trotzdem kostet mich jede einzelne Bewerbung eine enorme Anstrengung. Ich öffne den Formbrief, den ich vor einigen Monaten angefertigt habe, lese ihn und bei jedem Satz steigen plötzlich unheimliche Zweifel in mir auf. Fragen quälen mich, die ich mir vorher nie gestellt habe. Entspreche ich wirklich dem angestrebten Profil? Bin ich ernsthaft qualifiziert? Habe ich tatsächlich diese Berufserfahrung? Ja, ich frage mich, habe ich wirklich diese Ausbildung, diese Fortbildung gemacht oder bin ich ein Scharlatan? Ich hole dann oft meine Zeugnisse aus dem Ordner und lese jedes einzelne. Sie sind hervorragend, und ich versuche mich zu erinnern, wo war das? Was habe ich gelernt und was habe ich die ganzen Jahre wirklich gemacht? Es geht soweit, dass ich mich zwar erinnere, aber mich dann frage „und"? Habe ich mir das Ganze nicht erschlichen? Es ist gut, dass ich an diesem Tag allein zu Hause bin. Ich hole mir dann noch eine Tasse Kaffee, gehe ins Wohnzimmer und lege eine von meinen geliebten

Jazzplatten auf. Allmählich werde ich wieder ruhiger und sehe ein, dass ich mich selbst in einen Wahn hineingesponnen habe. Jetzt, denke ich mir, müssen aber fix die Briefe geschrieben werden. Einfacher gesagt als getan. Schon das Zurückgehen in mein Kabuff, das sich Büro nennt, fällt mir schwer. Ich lege noch eine Platte auf, ich lehne mich auf dem Sofa zurück, genieße die Pause. Doch dann nach einigen Minuten treibt mich das schlechte Gewissen aufs Dach. Ich setze mich vor den Computer. Alles ist schwarz. Ich rüttle an der Maus, langsam erscheint der Brief. Ich suchte die Anzeigen mit den Angeboten. Mein Gott, wo habe ich die Unterlagen hingelegt? Ich suche auf dem Schreibtisch, auf dem Stuhl, auf dem Regal, nichts. Ich schaue sogar in den Schrank mit den Akten. Eine Ladung Gestank empfängt mich, aber keine Unterlagen. Ich rase hinunter, zurück ins Wohnzimmer, in die Küche. Gott sei Dank hier liegt das Päckchen. Also, wieder hinauf. Hier stinkt es immer noch. Ich versuche die Adressen zu tippen. Aber was ist das? Die Buchstaben auf meiner Tastatur haben sich vertauscht. Ich, ein geübter Schreiber, finde die Buchstaben nicht mehr, weil sie sich nicht mehr an ihren alten Plätzen befinden. Es dauert, bis ich jeden einzelnen ausgemacht habe. Ich bin nervös, suche, tippe daneben, lösche, suche und tippe. Ich vergleiche die Adressen. Gut, noch eine kleine Änderung und jetzt wird ausgedruckt.

Vier Bewerbungen verschicke ich jeden Freitag, meistens werden zwei ausgedruckt, die anderen beiden gehen per Mail ab. Das mit dem Mail ist auch so eine Sache. Ich, einer der ersten, der mit dem Computer arbeitete, ich gerate in eine Krise, wenn ich nur das Outlook öffne. Es streitet sich mit mir. Keiner wird mir das glauben, aber es streitet sich mit mir. Es meckert, es lacht mich aus, es fragt mich, warum ich das mache, was für einen blöden Text ich verfasst habe. Dann sagt es zynisch: Soll ich es wirklich abschicken oder besser löschen? Es kostet mich meine ganze Kraft, mich gegen dieses blöde Ding durchzusetzen und am Ende zwei Mails mit dem Anhang loszuschicken. Danach kichert es so höhnisch, dass ich mich frage, ob es wirklich alles so wegschickt, wie ich es angeordnet habe. Vielleicht bekomme ich keine Antwort, weil der Schuft die Schrift so durcheinander wirft, dass keiner sie lesen kann. Aber irgendwann lass ich mir das nicht mehr gefallen. Ich schlage mit der Faust auf den wackligen Schreibtisch und brülle, jetzt ist es genug. Dann funktioniert alles plötzlich reibungslos. Trotzdem bin ich nervös, denn ich fürchte der Frieden hält nicht lange vor. Ich sende das zweite Mail ab und fahre den Computer herunter. Ich verlasse schnell mein Büro und betrete es erst wieder den kommenden Freitag. Meine Frau wirft die Briefe ein. Bei mir würde noch der Briefkasten streiken.

Manchmal unter der Woche, wenn sich der Freitag mit seinen Tücken in meinem Gedächtnis meldet, dann stellt sich mir gelegentlich die Frage, wie lange ich mich noch gegen diese Machenschaften in meinem kleinen Büro wehren kann. Ob ich nicht eines Tages zu schwach bin, alle in Schach zu halten. Und wenn die Würmer sich in meinem Büro verteilen, sich der Aktenschrank nicht mehr schließen lässt, die Buchstaben von den Tasten verschwinden und das Outlook sich weigert, meinen Befehlen zu gehorchen, dann werde ich schreien und schreien und dann kommen die Männer mit den Zwangsjacken. Dann werden die Leute sagen, seltsam, dem ging es doch gar nicht so schlecht.

Allerdings, und darauf baue ich, in sieben Monaten bekomme ich kein Arbeitslosengeld mehr, dafür aber meine hart erarbeitete Rente. Was dann passiert, weiß ich noch nicht, aber eines ist sicher, die Gefahr, verrückt zu werden, ist in diesem Moment gebannt.

# Der entfernte Verwandte

„Wolltest du nicht einen Tag später hier eintreffen? Gab es einen Grund für die Veränderung?" „Nein eigentlich nicht. Es hat sich so ergeben." „Aha." „Was heißt aha?"

Sie schlendern nebeneinander auf dem schmalen Weg, der in das Innere des Parks führt. Die dunklen Haare, die schlanke Gestalt und die Ähnlichkeit lassen vermuten, es sind Bruder und Schwester, obwohl sie frischer, neugieriger und lebendiger wirkt im Gegensatz zu ihm, der traurig und ein wenig verloren neben ihr wandert.

„Morgen, wenn Mutter, die Schwestern und Brüder mit ihren Kindern sich hier versammelt haben, gibt es keine Gelegenheit für uns allein miteinander zu reden." „Bist du deswegen früher angereist? Bist du besorgt?" „Warum sollte ich?"

„Sie werden mich fragen, warum ich noch keine Arbeit habe, sie werden mir helfen wollen, Geld anbieten, mich in eine andere Stadt lotsen. Du kennst das. Ich dachte, du hast vielleicht ähnliche Pläne." „Vielleicht. Du ziehst dich so schnell zurück, es ist schwer, mit dir über deine momentane Situation zu sprechen." „Wolltest du deshalb allein mit mir reden?" „Ich wollte dir bei den Vorbereitungen helfen." „Wirklich?" „Es macht doch mehr Spaß, die viele Arbeit gemeinsam zu organisieren, oder?" „Natürlich, ich mag diese Tage, den Geruch in der Küche, die gute Stimmung, alle reden durcheinander, wir haben uns viel zu erzählen. Es erinnert mich an unsere alte Heimat." „Das liegt an Mutter. Sie freut sich auf diese wenigen Tage, die wir alle paar Jahre miteinander verbringen." „Mutter leidet darunter, weil wir so auseinandergerissen sind. Sie ist die einzige, die noch an dem Ort lebt, an dem wir geboren wurden." „Du irrst dich sehr. Mutter leidet nicht. Sie ist glücklich darüber, dass wir alle noch leben und es uns gut geht." „Glaubst du das wirklich?" „Ich weiß es. Sie will uns zufrieden sehen und das sind wir doch oder?" „Ist es nicht befremdlich, dass Frankreich eure Heimat geworden ist, ich und andere in Deutschland leben und unsere jüngste Schwester sogar in Amerika. Nur Mutter wohnt noch in unserem Heimatort." „Es ist doch schon so lange so." „Müssen wir uns deswegen daran gewöhnt haben? Darf ich nicht wenigstens sagen, es ist traurig, es müsste nicht so sein." „Wir haben uns damit abgefunden. Was willst du? Zurück? Kein Treffen mit der Familie?" „Nein, so meine ich das nicht. Ich genieße es, euch alle wieder zu sehen." Sie schweigen. Gehen langsam in Gedanken versunken nebeneinander her.

„Schön hast du es hier in Frankfurt. Eine Stadt mit so viel grüner Umgebung, so nahe an deiner Wohnung findet sich so ein großer Park." „Habt ihr doch auch, Wälder, Felder Grün überall." „Ja, aber wir leben fast auf dem Lande. Du hast hier beides, die Stadt und diesen wunderbaren Fleck mit Bäumen und Wiesen." „ Zwölf Minuten zu laufen von Westen nach Osten und achtzehn von Norden nach Süden."

Die Schwester schüttelt lächelnd den Kopf. „Du bist schon immer so kritisch gewesen. Setzen wir uns doch ein wenig." Sie deutet auf eine Bank am Wegesrand. Er zieht eine alte Zeitung aus dem Papierkorb und legt sie auf die Bank. An diesem Freitagvormittag ist der Park ziemlich leer, nur selten läuft ein Jogger vorbei, einige Alte sitzen auf den Bänken und weit entfernt hört man die Kleinen auf dem Spielplatz. Das aufmerksame Ohr vernimmt auch das leise gleichmäßige Rauschen des Autoverkehrs.

„Es ist wirklich ruhig und friedlich hier", sagt die Schwester. „Ja, ich mag den Park. Ich laufe hier jeden Morgen eine Runde. Dann kauf ich mir eine Zeitung und gehe wieder nach Hause."

„In Berlin war es hektisch, ich habe nur Ausschnitte der Stadt und unglaublich viele Menschen gesehen." „Was war denn dort los?" „Wie gesagt, viele Leute. Den anderen zuhören und selbst reden und Hände schütteln und so weiter." „War es gut?" „Ja, interessant. Man erfährt viel Neues bei so einem Treffen. Ich nehme einige Anregungen mit nach Hause." „Ging es nur um die Landwirtschaft?" „Ja, natürlich. Wir leben davon." Sie schweigen beide.

„Erinnerst du dich an Nim?", fragt der Bruder. „Nim? mhm, ja, hilf mir." „Als Kind wohnte er manchmal in den Ferien bei uns, wenn seine Familie in den Bergen arbeitete." „Ja, natürlich, Nim. Er ist ein Verwandter, ein weit entfernter Verwandter! Bist du nicht mit ihm in dieselbe Schule gegangen?" „Ja, aber nicht in dieselbe Klasse." „Er war ein bisschen einfältig, nicht? Er hat die Schule früh verlassen?" „Ja", der Bruder lacht, „er war ein Dummkopf." „Hast du von ihm gehört?" „Gehört, gehört. Er wohnt hier in Frankfurt genauso lange wie ich." „Was? Du hast nie von ihm erzählt." „Hab ich nicht?" „Nein, du hättest ihn einladen sollen. Mutter hätte sich gefreut. Sie mag jedes Gesicht aus der Heimat hier bei uns." „Ich habe nie dran gedacht, ihn einzuladen." „Warum erzählst du mir jetzt von ihm?" „Ich wollte wissen, ob du dich an ihn erinnerst." „Natürlich tue ich das. Also, was ist mit ihm?" „Weißt du, mittlerweile ist er kein Dummkopf mehr. Jetzt bin ich der Dummkopf." „Du bist doch kein Dummkopf, du bist der Intelligente in unserer Familie." „Vielleicht bin ich ein intelligenter Dummkopf." „Muss ich das verstehen?" „Das ist eine lange Geschichte." „Dann erzähle sie mir und lass uns noch eine Runde drehen." Sie stehen auf. Er wirft die alte Zeitung wieder in den Papierkorb.

„Ich hab nie daran gezweifelt, dass mein Kopf etwas taugt. Allerdings als ich dann gerade noch das Flugzeug erwischte, du erinnerst dich, in letzter Minute, da war ich erleichtert, wegzukommen und nicht im Gefängnis zu landen. Ich dachte, in Deutschland haben sie die besten Maschinen und die besten Ingenieure und ich bin ein kleiner Hanswurst, der gar nichts kann. Ich hatte etwas deutsches Geld und eine Adresse. Ich sollte die S-Bahn am Flughafen nehmen. Also ich suche den Fahrscheinautomaten und werfe mein Geld in den Schlitz und nichts passiert. Ich drücke auf alle Knöpfe. Nichts. Was tun? Ich war verzweifelt. Ich drückte und drückte, aber das Ding rührte sich nicht. Da kam ein Schwarzer und fragte: „geht's nicht?" Ich schüttelte den Kopf. Er nickte mir aufmunternd zu. Dann hämmerte er mit den Fäusten auf den Automaten ein und als das nichts nützte, gab er dem Automaten voller Wut einen Fußtritt, und siehe da, der Fahrschein kam heraus. Mein Respekt vor der deutschen Intelligenz war vorübergehend ziemlich geschmolzen." „Und, was hat das alles mit Nim zu tun?" „Einfach manchmal weniger Respekt haben und wissen, wie man das bekommt, was man haben will. Weißt du, der Typ, der Schwarze, das hätte auch Nim sein können."

„Erzähl." „Zwei Jahre nach meiner Ankunft in Frankfurt traf ich ihn. Ich war zufrieden, ich hatte die deutsche Sprache gelernt, musste noch mal studieren, denn die Deutschen trauen den ausländischen Unis nicht, ich arbeitete nebenbei. Lief alles ganz gut. Nim sprach nur wenig Deutsch und er spricht es immer noch miserabel. Er hatte hier und da Arbeit gefunden. Wir trafen uns nicht oft, vielleicht alle zwei drei Monate. Ein Jahr später hatten wir beide feste Arbeit. Nim arbeitete im Lager und ich mit Computern. Ich verdiente besser als er, klar, aber er arbeitete viel, er war beliebt und mit Überstunden verdiente er bald fast so viel wie ich." „Na ja, alles so wie ich es mir vorgestellt habe." „Geduld, Geduld. Warte, wie es sich weiter entwickelt. Wir heirateten beide ungefähr zur gleichen Zeit. Ich heiratete eine schöne Frau, der alle Männer hinterherliefen, ich eingeschlossen und ich dachte, ich sei der glücklichste Mann der Welt. Nim heiratete eine Frau, die praktisch und tüchtig war, die das Geld zusammenhielt, ihm zwei Kinder geboren hat, und wenn es nötig war, immer gearbeitet hat. Ich habe es erst viel später begriffen. Er war damals schon viel schlauer als ich. Wir bekamen einen Sohn und ich gebärdete mich, als wäre sie die erste Frau, die ein Kind bekommt. Du kennst den weiteren Verlauf der Geschichte, sie hat mich verlassen, und ist von hier weggezogen. Meinen Sohn sah ich für viele Jahre nur in den Ferien. Diese Schmach hat mich lange Zeit verfolgt. Ich hatte wenig Lust, Nim zu sehen."

Die Schwester bleibt stehen, schaut ihn an. Er hebt beide Hände, eine Geste wie, „na und?" Nach einer Weile fährt er fort zu erzählen. „In den nächsten zehn Jahren begegneten wir uns sehr selten, eigentlich nur zufällig. Unser Pech mit den Jobs begann etwa um dieselbe Zeit. Ich wurde arbeitslos, die Firma hatte Konkurs angemeldet und es dauerte fast ein halbes Jahr, bis ich wieder einen Job gefunden hatte. Ich verdiente weniger, nicht viel, aber es ärgerte mich. Er verlor einige Monate später seinen Job. Bei ihm dauerte es fast ein dreiviertel Jahr, bis er wieder eingestellt wurde. Ich dachte, wie hart für ihn, die Kinder gehen noch in die Schule, er will sie studieren lassen. Aber wie ich später erfuhr, hat es ihn nicht so schlimm getroffen, weil seine Frau einen Job fand und er kümmerte sich um den Haushalt und die Kinder. Damals ahnte ich schon, dass er derjenige war, der schlau war und sich hier wirklich nieder gelassen hatte. Nicht wie ich nur auf Zeit. Er kennt viele Leute, die richtigen Leute. Er ist auf du und du mit denen, die man im täglichen Leben braucht, dem Ladenbesitzer, dem Bäcker, dem Maler, dem Automechaniker, alles Leute, die ihm nützen, und es ist ihm immer egal gewesen, ob es ein Deutscher, ein Türke, ein Italiener oder ein Iraner ist.

Seine Freunde tun ihm jederzeit einen Gefallen und er ihnen natürlich auch. Er ist immer unterwegs und hilft da und dort mal aus. Ich hab mich viele Jahre fast nur mit unseren Leuten getroffen. Ich wusste nichts von diesem Land, da waren die Deutschen, die anderen Ausländer und wir, aber wir waren der Mittelpunkt." „Wie geht es weiter?"

„Wir verloren beide einige Jahre später wieder den Job. Ich bekam schnell Arbeit bei einer Zeitarbeitsfirma mit einem Drittel weniger Verdienst als vorher, allerdings hat mich nach zwei Jahren eine Firma übernommen und ich bekam wieder ein gutes Gehalt. Nim arbeitete vorübergehend als Fahrer und einige Monate später wechselte er noch einmal in seinem Beruf als Maurer. Dann musste er mit einem Bandscheibenvorfall ins Krankenhaus. Zunächst war er ganz fröhlich, das Krankenhausgeld lief weiter. Aber dann hat man ihm gekündigt. Er konnte wieder arbeiten, aber er durfte sich nicht anstrengen, nichts heben. Es wurde wirklich schwierig für ihn. Ein Mann, der immer körperlich geschuftet hat. Aber mich hat es auch nicht verschont. Zwar nicht die Bandscheibe, aber …" „Das Asthma?" „Ja, und es wurde schlimmer. Es fing eigentlich schon an zwei Jahre nachdem ich nach Deutschland gekommen war. Aber in den letzten Jahren hat es mich fest in seinen Klauen." „Bist du deswegen entlassen worden?" „Kann sein, ich weiß es nicht genau. Ein Drittel der Mitarbeiter wurden an die Luft gesetzt. Ich war einer davon. Zunächst dachte ich, nicht so schlimm, ich werde mich auskurieren bis ich wieder Arbeit finde. Aber ich habe mich geirrt. Das Asthma wurde schlimmer." „Jetzt sitzt ihr beide in der Patsche?" „Nim hat natürlich ein bisschen nebenher gearbeitet, aber sein Körper hat gestreikt. Mittlerweile treibt er auf dem Flohmarkt ein wenig Handel. Er macht noch keinen Gewinn, aber, so wie ich ihn einschätze, wird das in einiger Zeit eine gute Einnahmequelle für ihn sein. Ich selbst habe mich um kleine Aufträge im Computerbereich bemüht. Aber es lief nicht gut?" „Warum nicht?" „Ich kann nicht so gut mit den Menschen umgehen. Ich habe keine Ahnung von Dingen wie Angebote machen, Geld einnehmen, Rechnungen eintreiben. Er aber kommt besser durch schwierige Zeiten. Er ist einfach schlauer." „Was unterscheidet ihn denn von dir? Die Lage ist für euch beide doch nicht so gut oder?" „Oh, in unserer Situation kann es einem doch sehr unterschiedlich gehen." „Wie das?" „Es gibt viele Beispiele. Die Kasse hat ihm eine Kur bewilligt. Der Arzt schreibt ihn immer wieder krank. Das Arbeitsamt nervt ihn nicht. Die Leute im Sozialamt haben Mitleid mit ihm." „Und du?" „Mein Arzt schreibt mich nur ungern krank. Eine Kur bekomme ich nicht. Das Arbeitsamt findet, ich könne ruhig arbeiten, aber ich wolle wohl nicht. Ich will arbeiten, aber in meinem Alter ist es fast unmöglich. Aber man verlangt es und kein Mensch hat Mitleid mit mir." „Sollte man?" „Nim wird wahrscheinlich wegen Krankheit vorzeitig in Rente gehen. Ich habe da keine Chance." „Warum?" „Es ärgert mich, dass er es immer wieder schafft." „Was macht er anders?" „Alles. Er setzt alles ein, was er hat – bei mir wird alles gegen mich gewandt." „Aber vielleicht bist du überempfindlich?" „Lass es dir erklären. Eine Sache. Ich spreche sehr gut Deutsch, man hört kaum, dass ich Ausländer bin. Im Job haben die Kollegen das bewundert. Aber jetzt erwartet man mehr von mir. Mit Ihren hervorragenden Deutschkenntnissen und Ihrer Ausbildung, da muss Ihnen doch was einfallen?" „Und Nim?" „Er spricht gebrochen deutsch. Unterschiedlich gebrochen, wie ich feststellen musste. Er setzt es ein. Manchmal versteht er gar nichts, manchmal einigermaßen. Die Leute sagen, der arme Kerl, es ist schwer für ihn, einen Job zu bekommen, weil er so schlecht spricht. Er macht so ein ehrliches Gesicht und radebrecht ein bisschen, schon hat er die Leute in der Tasche." „Du nicht?" „Nein, ich bin nicht so. Von mir fordert man immer alles Mögliche. Der Arztbesuch, ein gutes Beispiel. Ich habe mich immer gewundert, warum er immer krankgeschrieben wird und ich muss darum kämpfen, auch wenn es mir wirklich schlecht geht.

Na gut, ich habe ihn gefragt." „Schau", sagt er, „wie gehst du zum Arzt?" „Was heißt das?", frage ich ihn. „Ja, was machst du vorher?" Ich sage: „ich dusche mich am Morgen, ziehe ein frisches Hemd an, gehe langsam, damit ich keinen Asthmaanfall bekomme und ihm nicht zur Last falle." Nim lächelte nur. „Ganz verkehrt", sagt er, „ich wasche mich einen Tag vorher nicht, du sollst nicht stinken, aber so ganz frisch sollst du auch nicht riechen. Ich zieh ein getragenes Hemd an und dann schieb ich den schweren Schrank ein wenig zur Seite, dann habe ich höllische Schmerzen. Dann gehe ich zum Arzt." „Warum das alles?", frage ich. „Du bist ein Dummkopf", sagt er. „Ich bin ein Dummkopf, warum?", frage ich, „warum soll ich ein Dummkopf sein?" „Krankheit", sagt er, „muss man sehen, riechen und fühlen. Der Doktor muss dir glauben.

Woher weiß er, dass du Schmerzen hast? Er sieht es, fühlt es. Woher weiß er, dass du Asthma hast? Du solltest vorher eine Katze streicheln, damit du genau, wenn du vor ihm stehst, einen Asthma-Anfall bekommst. Dann sieht er es und glaubt dir." „So sprach mein entfernter Cousin und seitdem denke ich darüber nach, ob er oder ich der Dummkopf bin."

„Lass uns zurückgehen und mit den Vorbereitungen beginnen", sagt die Schwester, „vielleicht solltest du einfach zu uns nach Frankreich kommen." „Nein, lieber nicht, ich sollte vielleicht lieber schlau werden und die Katze streicheln."

## Der Profi

Als kleiner Junge habe ich mich überhaupt nicht für Fußball interessiert, im Gegenteil, ich fand die großen Jungs doof, die immer hinter dem Ball herrannten. Ich liebte es, auf der Schaukel zu sitzen, in Schwung zu kommen, so hoch wie möglich aufzusteigen und wieder runter, und dabei zu träumen. Doch dann, in den Sommerferien zwischen der zweiten und dritten Klasse, spazierte ich eines Tages am Rand der Wiese, die den Großen als Fußballfeld diente. Sie rannten wie verrückt um den Ball. Plötzlich kam der Ball angeflogen, und landete genau zwei Meter vor mir. Irgendwie dachte ich, denen muss ich es mal zeigen. Ich rannte einfach los und trat mit aller Kraft gegen den Ball. Er flog und flog und landete im Tor auf der anderen Seite. Die Jungs klotzten mich mit offenen Mündern an. „Hey, du kannst es ja. Hast heimlich geübt, was?"

Ich war selbst überrascht und es hat mir gefallen. Seitdem bin ich Fußballer. Schaukeln tu ich nur noch manchmal zum Träumen. Und so kam eins zum andern. Ich wurde Star in dem Verein in unserem Dorf, trotzdem dachte ich nie an eine Fußballkarriere. Ich wollte einen Beruf lernen, irgendetwas Technisches. Dann bekam ich eine Lehrstelle in der Stadt und wunderbarerweise auch ein Angebot vom dortigen Fußballverein. Ich sagte zu, einfach so, um zu sehen was passiert, ohne daran zu denken, Profifußballer zu werden. Es machte mir Spaß und unsere Mannschaft war gut. Das lag nicht nur an mir, wir spielten einfach Klasse. Kurz vor Beendigung meiner Lehre bekam ich ein richtig gutes Angebot in einer größeren Stadt. Mir wurde schwindlig und ich begriff, wenn ich zusage, werde ich Profi. Wollte ich das? Meine Mutter wollte nicht, dass ich so weit wegziehe, mein Vater riet mir zu: „Junge, einen Profi in der Familie, das ist doch was." Mein Meister sagte: „Überleg es dir gut Junge, dann hast du kein eigenes Leben mehr, bist nur noch Fußballer." Ich sagte zu, eigentlich nur, weil meine Freundin sich eben von mir getrennt hatte. Ich war schlecht drauf, verbrachte die Abende in der Kneipe und ein Abstand, so hoffte ich, wird mir gut tun.

Also zog ich um, lernte meinen neuen Trainer und die neue Mannschaft kennen, bekam einen Job, der mich immer, wenn nötig, freistellen würde, suchte mir eine winzige Wohnung und begann mit dem Profitraining. Ich hatte diesen Entschluss nicht ohne Zweifel gefasst. Würde ich durchhalten, meine Eltern, mein Dorf vermissen, genug leisten? Es begann super, meine Ängste verschwanden nach einigen Wochen. Ich sagte mir selbst, es klappt, ich lerne, werde besser und ja ich will Profi werden. Eines Tages lud mich einer der Chefs des Vereins zum Geburtstagsfest seiner Tochter ein. Ich war stolz und nervös, was ziehe ich an, was bringe ich mit, und überhaupt, wie muss ich mich benehmen, ein Fremdwort für mich, aber bei den Reichen muss man sich doch benehmen können oder nicht? Also gut, ich machte mich auf den Weg in neuen Jeans, Hemd und Jackett und einem großen Strauß Blumen. Wie vorhergesehen standen lauter vornehme Leute herum. Ich verbeugte mich vor der Tochter, gratulierte und übergab ihr meinen Strauß. Sie blieb sitzen, wechselte einige Worte mit mir und gab den Strauß einer Angestellten. Ich wurde den anderen Gästen vorgestellt, war mir schon fast peinlich, von wegen unser neuer Star und so ähnlich. Gläser mit Wein und Teller mit Häppchen wurden herumgereicht. Man aß und trank und schwätzte mit diesen und jenen. Die Tochter rührte sich nicht weg von ihrem Stuhl und unterhielt sich mit denen, die sich zu ihr setzten. Am späteren Abend wurde Musik eingeschaltet, Tanzmusik, aber niemand tanzte. Ich bin ein guter Tänzer, sagt man, also gab ich mir einen Ruck, begab mich zur Tochter, verbeugte mich und bat sie um einen Tanz. Die eisige Stille, die nun folgte, werde ich nie vergessen, ich begriff nichts. Jeder einzelne der vielen Gäste starrte uns an, mich, der wie gelähmt vor ihr stand, und sie, die Tochter, die zitterte und blass geworden war. Der Hausherr kam auf uns zu.

„Entschuldigen Sie junger Freund, Sie wussten es nicht, tut mir leid, dass Sie niemand aufgeklärt hat, aber meine Tochter kann nicht tanzen, sie ist nach einem Unfall gelähmt." Das war ich auch, zumindest fühlte ich mich so. Später erzählte mir ein Kumpel, ich sei erst puterrot und dann leichenblass geworden. Ich stammelte etwas von einer Entschuldigung. Die Tochter fasste mich am Arm. „Setzen Sie sich doch zu mir. Statt zu tanzen können wir uns doch unterhalten." Ich holte mir einen Stuhl, setzte mich neben sie und… „was nun?", fragte ich mich. Da plapperte sie schon los. Sie quetschte mich aus, wo ich herkomme, wie alt ich bin, wo meine Familie ist, ob ich ein guter Fußballer bin, was ich in meiner Freizeit mache und so weiter und so fort. Ich beantwortete ihre Fragen, bemühte mich aber, ihr nicht zu viel über mich zu verraten. Daneben schweiften meine Blicke durch den Saal und nachdem die ersten das Fest verlassen hatten, erklärte ich Marie-Luise, dass ich mich jetzt auch verabschieden müsse, sonst würde ich morgen beim Training einschlafen. Der Vater nahm mich beim Hinausgehen am Arm und sagte: „Besuchen Sie doch meine Tochter gelegentlich. Sie würde sich freuen." Das auch noch. Ich fühlte mich wie ein Bauerntrottel, war froh, dass ich`s überstanden hatte, und dann das. Das Training lenkte mich ab. Am folgenden Sonntag gab uns der Trainer frei. Ausgerechnet. Natürlich kam mir sofort meine Schuld in den Sinn. Also gut, ich würde sie besuchen. Sie hatte sich gut vorbereitet, sie trug ein luftiges rosa Sommerkleid. Sie empfing mich am Gartentor im Rollstuhl, führte mich zu einem kleinen runden Tisch unter dem Sonnenschirm. Kurz nach dem üblichen Begrüßungsritual wurde Kaffee und Kuchen gebracht. Sie redete, ich schwieg, nickte oder gab kurze Antworten. Irgendwann rastete ich innerlich aus. „Wie ist denn das passiert? Hatten Sie einen Unfall?" „Ja", hauchte sie, „es war ein Autounfall, ich werde wohl nie wieder laufen können." Rums. Da hatte sie es mir gegeben. Aber ich, ganz frech bestand ich darauf, weiter zu fragen, wie sie ihre Tage verbringe, ob sie studiere oder arbeite. Die letzte Frage beantwortete sie nicht, aber sie erzählte, dass sie fiel lese und Musik höre. Den Rest des Nachmittags verbrachten wir mit irgendwelchen Brettspielen, bei denen sie meistens gewann. Gegen fünf verabschiedete ich mich. Sie sagte nichts, aber ihre Miene verriet mir, dass sie gefragt werden wollte, wann wir uns wieder sehen würden. Beim nächsten Training grinsten die Kameraden. Sie wussten Bescheid. In einer Pause raunte mir der Trainer zu. „Geh halt ab und zu hin. Es würde dem Chef gefallen".

Ich hörte mich um. Ich passte das Mädchen ab, das sie anscheinend bediente, um sie auszufragen und erfuhr einiges. Es war in der Tat ein schwerer Unfall, gefahren war der Bruder, der längst wieder ein normales Leben führte, arbeitete, tanzte und vor kurzem geheiratet hatte. Ihre Verletzungen schienen heftig, aber nicht lebensbedrohlich. Die Ärzte verstanden nicht, warum sie nicht wieder laufen konnte. Sie schien es einfach gar nicht zu probieren. „Ich glaube", sagte das Mädchen, „sie will nicht wieder laufen lernen. Ihre Eltern und ihr Bruder und wir Angestellten tanzen nach ihrer Pfeife. Sie genießt es, dass sich alle nach ihr richten und sie umsorgen."

Das gefiel mir gar nicht. Also gut, ich war solo, also würde ich das arme Mädchen etwas aufheitern. Ich besuchte sie alle acht bis zehn Tage, lernte sie und ihre Familie besser kennen. Wir spielten ihre beliebten Brettspiele, plauderten über dies und das. So verging der Sommer. Neben der Arbeit und dem Training, traf ich mich abends ab und zu mit den Kumpels. Mehr privates Leben war nicht. Im September feierten meine Eltern einen runden Hochzeitstag. Ich bekam einige Tage frei. Ich freute mich, die Familie und die alten Freunde wiederzusehen und hängte an meinen Kurzurlaub noch das Wochenende dran. Wieder zurück, wurde unbarmherzig viel trainiert. Wir bereiteten ein Spiel gegen einen starken Gegner vor. Es gab kaum Pausen, keine Chance Marie-Luise zu besuchen. Ich hatte ihr eine Karte von meinem Dorf geschickt, mich dann aber nicht mehr gemeldet. So verging der September. Ich hatte sie – wie sagt man – verdrängt, ich weiß nicht, vergessen passt besser. Dann kam das große Spiel, in einer fremden Stadt, einem fremden Stadion. Es gibt keine Worte dafür, wie ich zitterte, mich aufregte, aufführte, ich war sicher, ich würde nicht spielen können. Doch dann auf dem Platz löste sich die Spannung. Und ich erinnere mich kaum was wirklich passierte. Am Ende hatten wir gewonnen, ich war nass geschwitzt und völlig zerschlagen. Danach gab es einen freien Tag und am nächsten wieder Training. Ich war gut in meinem neuen Team angekommen. Zwei Tage später, nach dem Training, sehe ich in der Ferne einen Rollstuhl. Mit einem Schlag fühle ich mich schuldig, mehr als das, ich bin entsetzt. Also renne ich zu ihr hin, so wie ich bin, mit rotem Gesicht und atemlos. „Hallo Marie-Luise", sage ich. „Wie geht es dir?" Sie schaute mich nur böse an. „Tut mir leid, aber Familie und das Training geht halt manchmal vor."

Sie warf mir einen hasserfüllten Blick zu. „Du hast mich ausgenützt. Hast dich bei uns satt gegessen, mir schöne Augen gemacht und dann gedacht, jetzt reicht es, wenn ich ein Profi bin, habe ich ganz andere Chancen." „Nein, das siehst du falsch, ich habe dir nie schöne Augen gemacht, wir waren Freunde, da hält man auch mal aus, wenn man sich eine Weile nicht sieht." „Lügner, hast du gedacht, mit mir kannst du es machen? Sich einfach nicht melden. Das ist unanständig." War ihre Stimme vor wenigen Minuten noch eiskalt gewesen, so wurde sie jetzt schriller. Sie schrie: „Du bist das letzte!" „Ich bitte dich, beruhige dich." „Ich soll mich beruhigen! Wie konntest du mir das antun?"

Die Jungs waren stehengeblieben und beobachteten uns aus der Ferne. Ich hatte genug.

„Also gut, Marie-Luise, wie du willst. Ich hatte dich besucht, weil dein Vater es will und weil du ein nettes Mädchen bist. Andere Gedanken hatte ich nie. Ich habe mich vor kurzem von meiner langjährigen Freundin getrennt. Ich brauche eine Zeit des Solo-Seins. Aber nun zu dir, du hast sie alle im Griff! Deinen Vater, deine Mutter deine Geschwister, die Angestellten. Sie machen, was du willst. Das arme Mädchen, das nie mehr laufen kann. Das gefällt dir, besser als wieder laufen zu können und dann nicht mehr von allen so beachtet zu werden. Aber ich glaube nicht an das arme Mädchen. Mich wickelst du nicht ein. Mir machst du kein schlechtes Gewissen." Sie starrte mich an, drehte den Rollstuhl um, ich half ihr dabei. Sie zischte: „Rühr mich nicht an." Ich brachte den Rollstuhl übers Feld, sie schwieg. Auf der Straße hielt ich an. „Den Rest kannst du allein fahren." Sie schaute mich voller Verachtung an und verschwand.

Ja, das schien dann das Ende meiner Laufbahn als Profi. Sie fanden einen fadenscheinigen Grund, mich loszuwerden, ich würde nicht ins Team passen und ähnliches. Zunächst war ich ratlos, hatte wenig Lust als Verlierer heimzukehren. Also blieb ich in der Stadt. Den Job, den mir der Papa, der wichtigste Förderer des Vereins, verschafft hatte, war ich auch los. Also wie soll es weitergehen? Keine Ahnung!

Wieder hatte ich Glück. Eines Tages klingelte es. Ich öffnete. Vor mir stand der Trainer. „Was gibt's noch?", fragte ich brummig. „Hey, lass mich erstmal rein." Gut, er kam in mein Zimmer, setzte sich, schaute mich an. „Willst du stehen bleiben, wenn ich mit dir rede?" Ich hockte mich ihm gegenüber. „Also ich hab mit deiner Kündigung nichts zu tun. Ich hab einen meiner besten Spieler verloren." „Ja, und", brummte ich. „Hey, ich will dir helfen. Du musst dir einen anderen Verein in einer anderen Stadt suchen." „Und wie soll das gehen?" „Ich darf dich nicht empfehlen, aber du musst dich bewerben, einige haben dich beim Spiel neulich gesehen. Du bist nicht unbekannt." „Wirklich?" „Wirklich, also raff dich auf und häng hier nicht rum." Plötzlich schien die Sonne wieder. Ich umarmte ihn. „Hey, ist schon gut, ich bin nicht schwul", grinste er. Also begann ich mich zu bewerben, war gar nicht so einfach. Tatsächlich erhielt ich zwei Angebote. Ich nahm das, das am weitesten weg war. Drei Jahre sind seitdem vergangen. Ich bin wirklich ein Profi geworden und es könnte immer noch weiter aufwärts gehen, aber sicher ist nichts. Marie-Luise kann wieder laufen. Ich hab sie doch tatsächlich bei einem Spiel auf der

Tribüne entdeckt. Nach dem Spiel hab ich sofort den Ort verlassen. Ich wollte sie nicht sehen, nicht sprechen, gar nichts. Mein Sohn war schon unterwegs, ich war zufrieden mit meinem Leben.

# Die Autorin

Hanne Katz, geb. 1940 in Augsburg; Fotografenlehre mit Gesellenprüfung; lebt seit vielen Jahren in Frankfurt am Main; studierte dort Pädagogik und Sinologie; unterrichtete viele Jahre Fotografie – unter anderem auch in einem Frauengefängnis; arbeitete einige Jahre als freie Journalistin – Themen: Kinder, Erziehung, Fotografie; fünfzehn Jahre tätig im sozialpädagogischen Bereich.

Während ihrer Arbeit als Sozialpädagogin bekam Hanne Katz viele Einblicke in die Lebensgeschichten von Menschen aller Altersgruppen. Dabei wurden ihr viele alltägliche, aber auch erstaunliche und unglaubliche Geschichten erzählt. Die immer schon an Menschen interessierte Autorin fing irgendwann an, einige davon aufzuschreiben. Um die Personen zu schützen, variiert sie jede Geschichte, mischt sie mit eigenen Erfindungen oder erfindet ähnliche Begebenheit ganz und gar selbst. Mit ihrem Buch „Tage, die man nicht vergisst" stellt sie erstmals achtzehn ihrer Geschichten vor.